ビーズログ文庫
アリス

あんさんぶるスターズ！
青春の狂想曲

日日日
原作・イラスト／Happy Elements 株式会社

あんさんぶるスターズ!

Ensemble ★ Stars

青春の狂想曲

CONTENTS

イラスト／Happy Elements 株式会社

この作品はフィクションです。実在の人物、団体名等とはいっさい関係ありません。

Monologue

楽しいことが好き。

みんなの笑顔が、だぁい好き。

夢を叶《かな》えることは——これ以上ないぐらい、素晴《すば》らしい。

だから楽しい時間を、みんなに笑顔を与えることを夢にしたアイドルたちは——神さまとか天使さまとか、そういう信仰の対象になるぐらいの尊《とうと》い存在なのだと思っていた。

けれど、私は知らなかった。

私が夢ノ咲学院《ゆめのさきがくいん》で出会ったアイドルたちは、決して綺麗《きれい》に飾り立てられ崇《あが》められる人形めいた偶像などではなくて……。等身大の、泣いたり笑ったり怒ったりして、青春のなかで生きている男の子でもあるということを。

そんな彼らが夢を叶えるために、どれほどの涙を流さなくてはいけなかったかということを——。

Introduction

大海原《おおうなばら》に面した丘に建つ、
私立夢ノ咲学院《ゆめのさきがくいん》。
男性アイドル育成に特化し、
綺羅星《きらぼし》のごとき才能に溢《あふ》れた若者たちを代々、
芸能界へと輩出《はいしゅつ》してきた歴史をもつ。
あなたは、そんな夢ノ咲学院に転校してきた、
特別な立場をもつ女生徒だ。
あなたはうら若き男性アイドルたちが
青春を謳歌《おうか》する学《まな》び舎《や》に、
彼らを愛《あい》し導《みちび》く『プロデューサー』として招かれたのだ。
誰もが、あなたに興味を抱く。
毎日のように破天荒《はてんこう》で、
幸せいっぱいのお祭り騒ぎが巻き起こる。
あなたは、個性豊かなアイドルたちに
振り回されながらも……。
彼らとともに、輝《かがや》かしい夢を追い求めていく。
かけがえのない絆《きずな》を、結んでいく。
夢ノ咲学院で出会うアイドルたちと奏《かな》でる
青春のアンサンブルを、
どうか心ゆくまでお楽しみあれ。

Start

春。

桜もつぼみをつけ始めたばかりの、まだ肌寒い時節。

ちょっとした家庭の事情などがあって私立夢《ゆめ》ノ《の》咲学院《さきがくいん》——高校生アイドルたちが青春を謳歌《おうか》する学《まな》び舎《や》に転校することになった私は、登校初日、教室に辿《たど》りつくまでに疲《つか》れ果てていた。

芸能界のお宝、というか金の卵のごときアイドルたちが在籍《ざいせき》しているせいか、すごくセキュリティーが厳しくて手荷物検査までみっちりとされた。

財布のなかみや化粧ポーチをまさぐられる程度ならば『仕方ない』で済ませることも可能だったのだけれど、口のなかの奥歯まで念入りに確認される段に至って私は理解した——ここは美しく飾り立てられてはいるものの、まごうことなく刑務所《けいむしょ》なのだと。

どうせならば面白《おもしろ》い境遇《きょうぐう》に立ちたい、これまでは平々凡々《へいへいぼんぼん》に空気のごとく漂《ただよ》うような日々を過ごしていたのだし——私はむかしから自己主張が弱く、声もちいさく、あまり周りとは関わらずにその他大勢のうちのひとりとして生きてきたのだ。

せっかく転校するのなら、これまでの地味でつまらない自分から脱皮《だっぴ》できるような——主人公になどなれなくてもいい、ヒロインにも。けれど脇役のひとりとして参加できるような、面白い物語のなかへ飛びこんでみたかった。

そんな思春期らしい私の願望は、転校の手続きをすべて終え、自分の所属することになる二年A組の教室に向かうころには分厚い雨雲のごときどんよりとした気分の奥の奥へと覆《おお》い隠《かく》されて……。そのまま、消えてしまいそうだったのだけれど。

この学校でも、私は暗いほう暗いほうへ——狭《せま》いほう狭いほうへ、何かに追い立てられるみたいに、掃《は》き溜《だ》めの淀《よど》んだ空気のような灰色の青春を送るしかないのだろうか。

そう諦《あきら》めて、もはや何の期待もせずに——。

二年A組の教室、その扉《とびら》を開いた瞬間だった。


「やっほう☆　きみが噂《うわさ》の転校生だな！」


世界に、光が満たされた。

分厚い雨雲に覆い隠され、真っ暗闇のなか独《ひと》りぼっちで立ち尽《つ》くしているようだった私の憂《うれ》いを、後悔を、何もかもを消し飛ばすような——。

とびっきり明るくて元気で、前向きな、太陽みたいな笑顔だった。

私はその瞬間、理解して——実感した。

あぁ、これがアイドルなのだ。

私は呼吸も忘れて、呆然《ぼうぜん》としてしまった。

恐る恐る、正面を見る。

教室の扉を「ぶっ壊《こわ》しちゃうぞ☆」とばかりに思いっきり開いて、大好きな飼い主を待ちわびていた子犬のように飛びだしてきたのは——私立夢ノ咲学院の青いブレザー制服をまとった、垂れ目がちでかわいい顔立ちをした男の子だった。

奔放《ほんぽう》に飛《と》び跳《は》ねた無造作《むぞうさ》ヘア。二学年を示す青いネクタイ。大口を開けているのにまるで不細工《ぶさいく》にならない、奇跡のような満面の笑み。

むかしの少女漫画のヒロインみたいに、両目に星くずをいっぱい輝《かがや》かせている。

面食《めんく》らって後ろに倒れそうになった私を、どうもクラスメイトらしいその男の子は軽やかに抱き留める——見た目よりも腕力があるようだ、男の子だから。

感心している私にぐいぐい顔を近づけて、求婚するみたいに名乗られた。

「俺、明星《あけほし》スバル！　明けの明星《みようじよう》の『明星』で『あけほし』、スバルは片仮名！　覚えやすいだろ〜♪」

一方的に自己紹介すると、彼は私をきちんと立たせてくれて「大丈夫？」と無垢《むく》な瞳《ひとみ》で覗《のぞ》きこんでくる。近い近い近い、顔が近い。私はこれまで女子校だったから、異性との触れあいに慣《な》れていない。

明星スバルと名乗った男の子は一秒もじっとせずに、私の両手を掴《つか》んで上下左右にぶんぶん振った。

「クラスメイトになるんだし、せっかくだから仲良くしよう！　友達になろう！　よろしく～☆」

この夢ノ咲学院アイドル科には今のところ、男の子しか在籍していない。男の園《その》に女ひとり、というだけで不安なのに他のみんなはアイドルなのだ。馴染《なじ》めそうにもない、すくなくとも慣れるまで時間はかかるだろう――そんな心配を、していたのに。

こんな大歓迎ムードだったら、すこしは希望がもてるかもしれない。

仲良くできたらいい、これからクラスメイトになるのだから。

そう思って、せいいっぱい親しげに私も笑みを浮かべてみた。

そうしたらスバルくんは「うんうん！」と嬉《うれ》しそうに頷《うなず》いて、なぜだろうか、いきなりその場に土下座《どげざ》してから両手を高く掲《かか》げた。

「というわけで！　突然だけど、お金を貸してください……！」

「突然すぎるわ」

期待をこめてこちらを見上げるスバルくんのキラキラ笑顔を覆い隠すように、冷ややかな態度の男の子が登場した。土下座したままのスバルくんを忌々《いまいま》しそうに眺《なが》めて、申し訳なさそうに私に会釈《えしゃく》してくる。

「初対面で、いきなり金をせびるな。礼儀知《れいぎし》らずだろう、転校生も戸惑《とまど》ってるぞ？」

声は穏《おだ》やかだけれど、刃物で刺すみたいな硬質な響きがある。

綺麗《きれい》な男の子だった。

スバルくんが大自然で戯《たわむ》れる動物めいた明るく華《はな》やかな美なら、こちらは一流の職人が丁寧《ていねい》にこしらえた絵画《かいが》や陶芸品《とうげいひん》のような、人工的かつ陰性の美だ。

艶《つや》やかな黒髪。切れ長の双眸《そうぼう》。氷でつくられた彫像めいた、体温の低そうな白い肌。

「すまん、転校生。こいつの発言は無視してくれ、明星はアホなんだ」

スバルくんとは好対照の凍《い》てついた無表情で、その男の子は疲れきったような吐息《といき》を漏《も》らした。

「だがまぁ……。この学院にはアホがおおいが、決して『アホしかいない』わけではないことを理解してほしい」

「酷《ひど》いこと言うなよホッケ～、転校生の俺への第一印象がアホで確定されちゃうだろ！」

「『ホッケ～』って呼ぶな」

「え～？　『ひだかほくと』なんだから、ホッケ～でOKでしょ☆」

ぎゃあぎゃあと、私を放置してふたりで何やら騒《さわ》いでいる。仲が悪いのか仲良しなのか、よくわからない——お互い気兼《きが》ねがない感じだし、友達なのだろうか。

「ついでに紹介するぞっ、こいつは氷鷹北斗《ひだかほくと》！　ホッケ～でいいよ☆」

スバルくんが軽やかに立ちあがって、氷鷹北斗くん——冷たい印象の彼と無理やり肩を組んだ。やっぱり惚《ほ》れ惚《ぼ》れするほどの、自《みず》ら輝くような笑顔で。

「俺の友達なんだ！　哀《かな》しいことに、お金を貸してくれないタイプの友達……！」

「余計な情報を付加《ふか》するな」

溜息《ためいき》をつくと、北斗くんは密着してくるスバルくんを「ぐいぐい」と手の甲で押しのけようとする。

「すまん、転校生。どうか、誤解しないでほしい。明星はアホなうえに異常に金に執着《しゅうちゃく》するが、いいやつだ。あと空気を読めないし、他人にみょうな渾名《あだな》もつけるが」

「フォローするふりして、フルボッコにしてるだろホッケ～!?　もっと俺を褒《ほ》めてよ！　あるいは、お金を貸してください……！」

「金は貸さん」

慣れた素振《そぶ》りでスバルくんをあしらいつつ、北斗くんはげんなりして問うた。

「おまえ、べつに貧乏《びんぼう》なわけじゃないのに何でそんなに金をほしがるんだ？」

「お金とか宝石とかは、キラキラしてるから好き～っ☆」

「鳥かおまえは。あぁ、鳥頭なんだな……？」


「は～い、そこまで～♪」

不意《ふい》に、爽《さわ》やかで柔《やわ》らかな――心地いい声が響いた。

怒濤《どとう》の会話劇に相づちを打つこともままならず、ひたすら圧倒されていた私は、救い主が現れた気分でそちらを見る。

そんな私に優しげに片目を瞑《つむ》りながら、またひとりの男の子が登場していた。

先にでてきたふたりがあまりにも濃ゆい――というか両極端で個性がわかりやすかったから、その男の子の第一印象は「あぁ、ようやく普通っぽい子がでてきてくれた」だった。

安心感すらおぼえる、ぱっと見では地味な風貌《ふうぼう》をしている。

お洒落《しゃれ》な眼鏡《めがね》。人好きのする自然な笑み。ポケットから覗《のぞ》いているかなりゴツいスマホ。そこから垂れた、よく見かける某遊園地の馴染み深いマスコットキャラのストラップ。育ちのいいお坊《ぼっ》ちゃまめいた、枝毛の一本もない亜麻色《あまいろ》の髪。

けれど、この男の子もアイドルなのだろう――よく見たら、かなり顔立ちが整っている。むしろそれを隠すように、照れくさそうに顔を背《そむ》けてしまったけれど。

何気ない素振りでスバルくんと北斗くんの真ん中に、ふたりの橋渡しをするように立って、その男の子は「怖くないよ～？」と小動物にするみたいに私に手をふってくれる。

「君たち、転校生ちゃんにみょうなコントを見せるために声かけたんじゃないでしょ？彼女に、何か頼みたいことがあるんじゃなかった～？」

不思議なことを言いながら、眼鏡の奥の宝石のような双眸を一瞬だけ煌《きら》めかせた。

「おぉ、そうだった！　いいこと言うな、ウッキ～！　さすが『トークの達人』、頭の回転がマッハだ！」

スバルくんが、眼鏡の男の子のお腹を肘《ひじ》で「ぐりぐり」と押している。

「眼鏡かっ？　眼鏡をかけてると、『トーク力＋50』とかそういう補正《ほせい》があるのかっ？」

「そう、そう。眼鏡を外すと、何もわからなくって――あれ？　僕の名前は……何だっけ？　転校生ちゃん、知ってる？」

「転校生が知ってるわけないよ、ウッキ～！　初対面なんだから！」

「せっかく明星くんがネタをふってくれんだから、ボケなきゃいけないと思って♪」

「そういうところ好きだよ、ウッキ～☆」

「僕も、明星くんが大好きだよ～♪」


「おまえら、仲良しすぎて気持ち悪い」


スバルくんとウッキ～くん（さすがに渾名だろう）に業《ごう》を煮《に》やしたのか、北斗くんが他のふたりを押しのけて――また溜息をついた。

申し訳なさそうに、さっきから一言も喋《しゃべ》れていない私に向き直ってくれる。

「まぁいい。話が進まないので、俺からいろいろ説明させてもらう」

「堅苦《かたくる》しいな、ホッケ～！　ノッてこいよ、このボケの大波に……☆」

「そうだよ、このビッグウェーブに乗るのは今しかないよ氷鷹くん！」

「うるさい、アホコンビ」

背後できゃいきゃいと騒いでいるふたりを見もせずに、北斗くんは冷徹《れいてつ》に切って捨てるみたいに言った。

「ふん。まずは、自己紹介をさせてもらおう」

そういえば、まだ名前以外の情報をほとんど得られていない。

「俺は、氷鷹北斗という。この二年A組の、委員長をやっている」

たしかに、いかにも委員長という感じではある。

うんうん頷いていると、北斗くんはやっぱり戸惑うように私を眺める。

「教師から、おまえの世話を頼まれている。だから何か困ったことがあったら、俺に相談してほしい。委員長としての仕事の範疇《はんちゅう》で、善処《ぜんしょ》する」

そこまで一定の調子で淡々《たんたん》と語ると、かるく頭をさげてきた。ロボットみたいな子だ――私もつられてお辞儀《じぎ》すると、さっきまで北斗くんが必死に背後に押し止めていた他のふたりが「どっ」と前にでてきた。

「乗るよ、その自己紹介の波に……☆」

転びそうに、というか押し倒されそうになった私を意にも介《かい》さず――元気いっぱいに目を輝かせて、迫ってくる。

「僕は遊木真《ゆうきまこと》っていうんだ、よろしくね！　ウッキ～でいいよ！」

ようやく名前が判明した、この眼鏡の子は遊木真くんというらしい。ちなみに夢ノ咲学

院の子たちは、すくなくとも学校のなかでは芸名ではなく本名で通しているようだ。

ふつうの、名前。ふつうの、同年代の男の子たちだ。

そう思ったら、すこしだけ気楽になった。

思わず微笑《ほほえ》むと、真くんも嬉しそうにしてくれた。何だか和《なご》やかで、いい雰囲気——私、二年A組のみんなと仲良くできるかもしれない。

などと考えているうちにも、みんな我先にと言いたいことを言いまくっている。

「『ゆうき』だから『ウッキ～』だぞ、あとお猿さんっぽいとこあるし！」

「あっ、振りだね！　それはボケの振りだね、ちょっと待ってボケるから！」

隙《すき》あらば混ぜっ返すスバルくんと真くんに、北斗くんが冷ややかに「自己紹介をしろ遊木」と突っこんだ。こういうのが、この楽しげな三人組の『いつもの感じ』なのだろう。

私も、このなかに交われるだろうか。

あんまり、自信ないけれど——。

がんばってみよう、とは思えた。何だか、この子たちのことを好きになりかけていた。楽しくて、幸せな気分にさせてくれる。

アイドルなのだ、やっぱり。ひとを明るくする、前向きな推進力《すいしんりょく》がある。

「はいはい～。えぇっと、僕は『放送委員会』に所属してるよ。いろいろ情報が集まる立場だから、知りたいことがあったら僕に聞いてね！」

癖《くせ》なのか、真くんが片目を瞑って茶目っ気のある仕草をする。

どーんと胸を叩いて、よくわからないことを頼もしく請け負ってくれる。

「定期考査のヤマから、教師の浮気相手まで何でも教えてあげる♪」

アイドルたちの学び舎たる夢ノ咲学院にも、ふつうの学校にあるような部活動や委員会が存在する。基本的にアイドル活動が最優先なようだし、芸の肥《こ》やしになりそうなものや、あまり熱心ではないものばかり——みたいな説明が学校案内に書いてあった。

部活動には強制参加らしいから、私もどこか選ばなくてはいけないのだけれど。学校に慣れるのが先決、急がなくてもいいからな、と担任の佐賀美《さがみ》先生に言われている。

「俺も、自己紹介する～☆　さっきもしたけど、何度でもするよ！」

思考が横道に逸《そ》れている私のすぐ間近で、スバルくんが満面の笑みになる。

「俺は、明星スバル！　ホッケ～が『委員長』でウッキ～が『放送委員』なら、俺は『金の亡《もう》じ——」

「喋るな明星。ややこしくなる」

そんなスバルくんの顔面を摑んで無理やり遠ざけながら、北斗くんが情報を整理するためにメモ帳にシャーペンを走らせている私を、変な生き物でも見るように見た。

メモをするのは、私の癖だ。お喋りが下手《へた》だから、せめて誰かの口にした言葉をきちんと把握《はあく》しておくために。ちゃんと聞こえている、届いていると、主張するために。

きちんと受け止めて、メモをとって、頭のなかで整理してまとめても。気の利《き》いた返事をする前に——会話は先へ先へと進んでいて、けっきょく何も言えないまま終わってしまうことばかりだけれど。

　だから今日、初めて出会った彼らがすごくお喋りなのは、むしろ助かっている。私がもたもたと、何も言えなくても、みんなが喋ってくれるから。

　ほっこりしていると、北斗くんは首を傾《かし》げながら微笑んでくれた。

「まぁいい。俺たちは日頃、この三人でつるんでいることがおおい。こんなアホどもの仲間と思われるのも心外だが、ちょっと事情があってな」

　口ほどにはこの雰囲気を嫌っていないのだろう、北斗くんの語り口は優しい。

「正確に言うと、あと一人——つるんでるやつがいるが。まぁ、あいつの紹介は後でいいだろう。ちがうクラスだしな、またの機会でいいはずだ」

「おいおい、サリ〜だけ仲間外れは可哀想《かわいそう》だぞ！　俺たちは、友達じゃないか！　ちょっと待ってろ、つれてくるっ☆」

「つれてくるな。頼むから、ややこしくしないでくれ」

　あっという間にどこかへ走り去ろうとしたスバルくんを、北斗くんが慣れたそぶりで首根っこを掴んで止めた。勝手に突っ走る子犬に困らされる、散歩中の飼い主のようだ。

　しかし、サリ〜というのは誰なのだろう？　スバルくんは他人に変な渾名をつける傾向《けいこう》にあるみたいだから、『サリ〜』が本名ではないのだろうけれど。

　この三人みたいに個性的な子が、もうひとりいるのか——ううん、この夢ノ咲学院では、これが当たり前なのかもしれない。

ふつうの子など、いないのだろう。アイドルなのだから。

「まぁ、いい」

北斗くんはこちらの動揺《どうよう》に気づかず、最後まで一定の調子で語っていた。

「そろそろ、ＨＲ《ホームルーム》の時間だな。話のつづきは、昼休みにしたい。予定をあけておいてくれ、転校生。転校初日から、振り回してしまって申し訳ないが」

真正面から。

怯《ひる》んでしまうぐらい真剣に——私を、見据《みす》えて。

「俺たちは、おまえに頼みたいことがある。それは、おまえにしか頼めないことだ。おまえにそんな義理はないだろうが、どうか俺たちのために時間を割いてほしい」

気づけば北斗くんだけではない、スバルくんや真くんまで私をじっと見つめている。

先ほどまで馬鹿笑いと馬鹿話で賑《にぎ》やかだったからこそ、その瞬間の奇妙な静謐《せいひつ》さと——まるで命懸《いのちが》けみたいな、彼らの必死な態度は強く印象に残った。

「よろしく頼む、転校生」

北斗くんの言葉と同時に、朝の予鈴《よれい》が鳴り響いた。

私の夢ノ咲学院での生活は、まだ始まったばかりである。


どこか虚無的《きよむてき》な鐘《かね》の音が、鳴り響いている。

「というわけで昼休みだぞ、転校生っ☆」

「何が『というわけで』なのかは不明だけど、明星くんの言うとおり昼休みだよ転校生ちゃん！」

ぐったりしていた私に、スバルくんと真くんが子犬のように駆け寄ってくる。

やや出遅《でおく》れた北斗くんが、私のとなりの席で盛大な溜息をついていた。

私は教科書やルーズリーフや筆箱を片付ける手を止めて、なぜか私の周りをぐるぐる駆け回っているふたりを呆然と眺める。

私は背骨を抜かれたように、ふにゃふにゃと身を起こした。

転校生だから〜女の子だから〜といった手ぬるい配慮《はいりよ》はこの夢ノ咲学院にも、授業にも、周りの生徒たちにもなくて……。これまで一般的な女子校に通っていた私には慣れない、ダンスやら歌唱やら、座学でもアイドルの歴史やら経営学（そんな授業があったのだ）やらにてんてこまいしていて、疲れきっていた。

まず、どういった授業なのか理解するのに時間がかかるうえに（何の意味があるのか不明な授業もおおかった）、見たことも聞いたこともない内容のオンパレードだ。ついていくどころか、教師が語る内容もすべて異世界の言語に思えた。

おまけに、ここは生き馬の目を抜く芸能界で切磋琢磨《せっさたくま》するアイドルたちを育成するための学校であるわけで――義務教育ではないし、ついていけない落ちこぼれは容赦《ようしゃ》なくふるい落とされる。そんな雰囲気だった、誰も優しくしてくれなかった。

みんな真剣に、夢を追い求めてがんばっているのだ。

気合を、入れ直そう。そう思って、私はお手洗いに向かうため立ちあがった。顔を洗ってこよう——どうにか適応しなくては、転校初日すら乗り切れる気がしない。

「おぉっと、どこにも行かせんぞ！　俺たちの話を聞いてもらおう、転校生！」

ふらふらと教室の出入り口へ向かう私の正面に、スバルくんが立ちふさがった。

通せんぼして、得意げに笑っている。

「これは、強制イベントだ！　フハハ、悔《くや》しいか？　悔しいだろう！」

「べつに悔しくはないと思うよ、明星くん！」

そんなスバルくんに一生懸命ついていっている真くんが、難しい顔になった。

「……あっ、これはボケの振りか！　わかったよ、明星くん！『ククク！　どうしても僕たちの話を聞きたくないというのなら、僕の眼鏡を——」

「やめろアホコンビ、転校生が困っている」

見かねたのだろう、きちんと教科書などを片付け終えた北斗くんが立ちあがって、叱責《しっせき》する。機械のようにみょうに正確な歩調で近づいてくると、真くんとスバルくんを「ぐいぐい」と乱暴に押しのけようとした。

「あぁん、駄目《だめ》だよ氷鷹くん！　氷鷹くんも絡《から》んできてよっ、僕たちが『アホコンビ』から『アホトリオ』に生まれ変わるチャンスなんだよ……！」

「そんなチャンスは、いらん」

じたばた藻掻《もが》く真くんを器用に横にのけると、北斗くんはどうしたものかと立ち尽くしている私に、申し訳なさそうな目配せをする。

「いいから、おまえらは三十秒だけでいいから口を閉じていろ——頼むから。ほら明星、十円やるから」

そして慣れた素振りで、ポケットから取りだした十円玉をスバルくんに手渡すのだった。

瞬間、スバルくんは十円玉を両手に握《にぎ》りこんだまま跳躍《ちょうやく》し、土下座した。

「ホッケ〜……いや、北斗さま！　俺は、北斗さまの忠実《ちゅうじつ》な犬です！　絶対に三十秒間、余計なことは喋らないよ☆」

「十円で買収《ばいしゅう》されちゃうんだねっ、安いよ明星くん！　明星くんがボケを振ってくれないと、僕は手足をもがれたのと同じなのに……！」

そんなスバルくんを、真くんが「おろおろ」と眺めている。

ふたりをあっという間に大人しくさせてから、北斗くんは満足げに微笑んだ。

「よし、よし。おまえら、そのまま静かにしてろ」

言われたとおりに、スバルくんも真くんも「…………」「…………」と無言になってしまった。なぜか表情まで消しているので、先ほどまで騒がしく感情いっぱいだったぶん落差がはげしい。

北斗くんも「おまえらが喋らないと、それはそれで不気味《ぶきみ》だな」と顔を引きつらせつつも、私にあらためて向き直ってくれる。

「まぁいい。お騒がせしてすまない、転校生」

ああ、北斗くんはまだ話が通じそうだ……。いやお手洗いに行きたかったのに、出入り口を彼が塞《ふさ》いでるから通れなくて困るのだけれど。

「他に用事があるなら、そっちを優先してほしいが。何も予定がないなら、この昼休みは俺たちのために時間を割《さ》いてほしい。どうか、よろしく頼む」

ちらちらと廊下《ろうか》を見ている私に、北斗くんは「？」と首を傾げながら。

「ほら、金平糖《こんぺいとう》やるから」

どこからかカラフルなお菓子《かし》を取りだすと、先ほどスバルくんに十円玉を握らせたのと同じ動きで私に手渡してくれた。非人間的に冷たい、北斗くんの指先。

異性との触れあいに慣れておらず、どぎまぎする私のすぐそばで――。

なぜか、スバルくんと真くんが無言のまま身悶《みもだ》えしている。

（……!?　ツッコみたいっ、このボケに！　あるいはこの金平糖ボケが氷鷹くんの持ちネタであることを、転校生ちゃんに説明してあげたい～！）

（よせ、ウッキ～！　いま喋ったら、十円もらえないだろ!?）

（でも、明星くん！　基本的にツッコミ気質の氷鷹くんの貴重なボケなんだよっ、せっかくのチャンスなのに～！）

（気持ちはわかるよ、ウッキ～！　でも今は我慢《がまん》するんだっ、俺の十円のために！　つまり、俺の魂《たましい》のためにだ……！）

そんなふたりと私を不思議そうに眺めて、北斗くんの脳内でどんな結論がでたのか。

彼はしごく真面目に、変わらぬ平坦《へいたん》な口調でぼやいた。

「おまえら、なぜモジモジしている？　尿意《にょうい》か？　尿意は我慢しないほうがいいぞ、健康によくない。おばあちゃんが、そう言っていた」

（おばあちゃ～ん⁉　くそう、僕は氷鷹くんの『金平糖』と『おばあちゃん』の関連を知ってるのに！　ひとつのネタとして、完成させられるチャンスなのに～！）

（落ちつけ、ウッキ～！　三十秒だけ我慢すればいいんだっ、がんばれ！）

小声でぼそぼそ囁《ささや》いているふたりに、北斗くんは「何なんだ、ほんとに……？」と首を傾げながらも、尿意を我慢しないほうがいい＝トイレに行っていいということだろう――と廊下に出そうになっていた私の腕を、いきなり摑んだ。

「まぁいい。ともあれ、昼休みはあまり長くはない。学校の案内は放課後にでも、たっぷり時間をとってやりたいのが本音だ」

私の腕を摑んだまま、北斗くんは勝手に話を進めていく。

「転校生にも、予定があるだろう。放課後まで、時間を拘束《こうそく》するのは心苦しい。時は金なりだ、おばあちゃんもそう言っていた」

「金⁉　金の話かっ？」

「喋ったな、明星。十円やらんぞ」

「あっ、待って！　今のなし！　ノーカン、ノーカン！」

目を輝かせて顔を上げたスバルくんに釘《くぎ》を刺して、北斗くんは私に顔を近づけてくる。

「まぁいい。放課後、時間があるなら付きあってほしいが……。まず昼休みは、食堂にでも案内しよう。おばあちゃんが言っていた、腹が減っては戦《いくさ》ができん」

ほんのり気づいていたけれど、話を聞いてほしいと押しつけてくるだけで、私の話を聞くつもりはあまりないようだ。

「あるいは、転校生は弁当派か？　まぁ食堂は持ちこみ自由だから、そこで一緒に食えばいいのだが」

うんうん頷いて、北斗くんはようやく私の意見を聞いてくれる。

「ということで、食堂へ向かう。何か、異論はあるか？」

その聞きかたはどうかと思うけれど――威圧《いあつ》しないでほしい、これでは何か意見があっても言いにくい。

私が「あうあう」と口を開閉して何も言えないうちに、私の異論を聞くために北斗くんが用意した時間は終わったらしい。あっさりと彼は「異論はないようだな」みたいな顔をして、そのまま私を廊下へと引きずっていこうとする。

「食堂はこっちだ、案内しよう。……もう喋ってもいいぞ、おまえら。ていうか、ちゃんと呼吸はしろ」

北斗くんが思いだしたように、他のふたりにぞんざいに声をかけていた。

「ぶはっ!?　呼吸はしていいのかよ、早く言えよ！　窒息《ちっそく》しちゃうだろ、人殺し！　ホッケ〜の冷血漢《れいけつかん》！　レイケツ・カーン！」

「どうして、モンゴルの王さまっぽく言い直したの？　発想が自由だねっ、今日もキレキレだね明星くん！　尊敬してるよ……☆」

「尊敬よりも、金をくれよ……！」

やいのやいの比較的《ひかくてき》どうでもよさそうな遣《や》り取りをしているスバルくんと真くんに、北斗くんが「おまえら置いてくぞ〜？」と投げやりに声をかけていた。

✧

「さて」

機械のように一定の歩調で進みながら、北斗くんが語っている。

「歩きながらで、申し訳ないが。私立夢ノ咲学院について、かいつまんで説明しよう」

ちなみに手を放したら私が逃げるとでも思っているのか、北斗くんは教室からずっと私の腕を握りっぱなしだ。

私は歩幅《ほはば》のおおきい北斗くんに必死についていきながら、物珍《ものめずら》しくて周りをきょろきょろと眺めてしまう。転校初日だ、何もかもが新鮮《しんせん》である。

夢ノ咲学院の校舎はどこの王侯《おうこう》貴族の住《す》み処《か》なのかと思うほどに広大で、華美かつ装飾過多で、きちんと清掃《せいそう》もされていて埃《ほこり》ひとつ落ちていない。何もかもがキラキラしている
——さすが、アイドルたちの学び舎である。

これまで私が通っていた女子校も敷地は同じぐらい広かったけれど、こんなにゴージャスではなかったから……。私は何だか、舞踏会《ぶとうかい》に迷いこんだ庶民《しょみん》みたいな気分だ。足跡をつけたり、何か壊したりしたらすごく怒られそうだ。

廊下を通りがかる他の生徒たちも、すべてアイドルなのだろうか——顔立ちが整っているし、どこか輝いて見える。ほんとうに、眩《まぶ》しくて目眩《めまい》がしてくる。宝石箱のなかに放りこまれた、路傍《ろぼう》の石ころみたいな身の上の私としては。

あまり周りを見ないようにしよう、私はそう思って北斗くんの背中を眺める。その視線に気づいたのだろう、北斗くんが私を肩越しに振り向いて歩みを遅くしてくれた。

「どうも聞くに、転校生はあまりこの学院について詳《くわ》しく知らないようだからな」

もたもたしている私に苛立《いらだ》つこともなく、北斗くんは変わらない口調で語っている。

「そ〜なの？」

合いの手を入れるのは、なぜかお散歩ちゅうの犬みたいにやや先行しているスバルくんだ。彼はぴょんぴょん跳ねるように歩き、ときどき大袈裟《おおげさ》に振り向いてくる。

いちいち動きが派手なスバルくんに、げんなりしたように北斗くんが眉《まゆ》をひそめた。

「うむ。何らかの事情があり、急な転校となったようだ。ろくな説明もされないまま、『ぽん』と放りこまれた状態だろう」

その言葉に、私は内心で同意する。そうそう、そうなのだ……。私は、何もわからないのである。異世界にでも飛ばされた気分だ、だからこんなに不安なのだけれど。

心配そうに北斗くんが見ていたので、私は愛想《あいそう》笑いを浮かべる。

大丈夫。早めに慣れるから、みんなの負担《ふたん》にはならないから。

邪魔だけは、しないから。

「その立場には同情するし、俺には委員長として転校生の世話を焼く義務がある。わからないことがあったら、いつでも俺を頼ってほしい」

「俺にも、頼って頼って☆」

「僕にもね！　情報収集は僕の専売特許だよ、『知らなきゃよかった』と後悔するようなことをいっぱい教えてあげる〜っ♪」

三者三様に、元気のでるようなことを言ってくれた。何だか有《あ》り難《がた》くて、私は笑みをつくって顔をあげる。

北斗くんも「ほっ」としたのだろう、茶化すようなことを言った。

「最初に、伝えておくが。こいつら二人はアホなので、なるべく近づかないように」

「おいおい！　いきなり何てこと言うんだホッケ〜っ、転校生を独り占めか！　ずるいぞ、俺も転校生で遊びたい！」

「転校生『で』という表現が、気になるが。転校生はほんとに右も左もわからないようだからな、余計なことを言って混乱させんように」

むやみに抱きついてくるスバルくんに鬱陶《うっとう》しそうにしながら、北斗くんは気持ちを切り換えたのか――また無表情に戻った。

「まぁいい。話が逸《そ》れたな、説明を再開する」

私もさすがに概要《がいよう》ぐらいは知っているけれど、いちから丁寧に再確認させてくれる。

「この私立夢ノ咲学院は、いわゆる『アイドル』を養成するための学び舎だ」

大前提から、事細かに。

「実際にプロとしてデビューをしている芸能人や、デビューを目指すアイドルの卵が生徒として在籍している」

黙《だま》っていると暇《ひま》なのだろう、スバルくんと真くんも補足してくれる。

「専門学校、みたいなもんだよね。完全にアイドルになるつもりがないひと、っていうのはいない感じ～？」

「アイドル科にはね。普通科とか、よその学科にはもちろん一般人もいるけど」

ちなみに普通科などとは、かなり厳密に敷地が区切られている。校舎間の移動も制限されていて、ほんとうに刑務所みたいだ。

アイドル科は、アイドル科だけでほとんど成立しているのだ。他の学科との交流がどのぐらいあるのかは、私はよく知らないけれど――このぶんだとほぼ互いに不干渉《ふかんしょう》だろう。

「それと『現役ではない』、というものはいるがな」

授業中みたいに、与えられる知識と己《おのれ》の下調べした事実をまとめている私の様子を確認しつつ、北斗くんが良い具合に説明してくれる。

「デビューはしているものの、アイドルの仕事を現在進行形ではしていないものもいる。遊木も、そうだったな？」

「あ～、ごめん。それ僕の地雷《じらい》なんで、踏《ふ》まないでくれると助かるな～？」

ずっと穏やかに笑っていた真くんが一瞬だけ、完全に無表情になっていた。人形みたいに。何も見ていない、硝子玉《ガラスだま》みたいな双眸――。

私は寒気をおぼえて、身を竦《すく》ませる。

奇妙な感慨《かんがい》だけを残して、真くんはまた元のお気楽そうな笑顔に戻っていたけれど。いったい何だったのだろうか――私は、じっと真くんを眺めてしまった。

表面上は陽気に騒いでいるけれど、みんな何かを抱えているのだろう。

北斗くんはすこしばつの悪そうな顔をして、「うむ、すまん。ともあれ……」とやや強引に話を戻した。

「プロのアイドルや、引退、あるいは活動停止中ながら芸能界に身を置いたことのあるもの――いずれそうなりたいと願うものが、アイドル科の生徒として登録されている」

そういえば担任の佐賀美先生も、この夢ノ咲学院の卒業生らしい。私はそっち方面に詳《くわ》しくないのでよくわからないけれど、担任教師の名前を知って母がすごく興奮《こうふん》していたのを覚えている――一世を風靡《ふうび》した、伝説のアイドルだったようだ。

「いわば夢ノ咲学院アイドル科は、巨大なアイドル事務所のようなもの――と認識すれば、

そこまで実際との差異はなかろう」

堅苦しいというか時代がかった口調で、北斗くんは語りつづけている。

「この学院にはアイドルとしての技能を向上させたり、人脈を形成したり、芸能界の仕事を紹介されたり——」

素直に聞いている私に気をよくしたのか、北斗くんはどんどん話を進めてくれる。

「要するに、アイドルとしての自己を向上させるためのシステムが、環境が、すべて用意されているのだ」

ほんとうに、歪《ゆが》みや狂気を感じるほどに、徹底されている。

「俺たちアイドル科の生徒は、そんな『アイドルの、アイドルによる、アイドルのための学び舎』で——日々、よりよいアイドルとなるために切磋琢磨《せっさたくま》している」

「あはは。みんながみんな、氷鷹くんみたいに一生懸命なわけじゃないけどね」

やや調子を戻した真くんが、ふんわりした笑顔で合いの手を入れた。

「てきとうに部活とかして、ゆる〜い青春を楽しんでるひともいるよ？」

「それは、そうだが。まぁ建前《たてまえ》というか——夢ノ咲学院の基礎《きそ》であり前提は『よりよいアイドルになるための学び舎』ということで、まちがってはいないだろう」

北斗くんも安心したのだろう、真くんに笑みを返していた。

「あらゆる施設《しせつ》や授業なども、よりよいアイドルを育成するためのものが網羅《もうら》されている」

それはもう、必要以上に思い知ったけれど。

「転校生は、ふつうの高校からきたのだったか？　ならば何もかもが『アイドル仕様』である夢ノ咲学院に、慣れないこともおおいだろう」

今さらながらに、北斗くんは力強く宣言してくれた。

「だが、安心してほしい。俺が、しっかりサポートする」

それは——ほんとうに、助かる。

恋などは、している暇がなさそうだけれど。

せめてこの夢ノ咲学院が、幸せな、たいせつな居場所になればいいと思っている。

「ふむふむ、ホッケ〜の話は勉強になるな〜♪」

「明星、なぜおまえは『初めて聞いた！』みたいなリアクションなんだ……。おまえはもうちょっと、金儲《かねもう》け以外のことにも興味をもつべきだ」

うんうん頷いているスバルくんを軽く小突《こづ》いている、北斗くん。

そんな和やかな様子を眺めながら、私もいつの間にか心から笑っていた。

廊下を、歩きながら。

「もうじき、食堂に到着する」

ガイドみたいにときおり「あの部屋は〜」とか「あの生徒は〜」などと目に映るものを説明してくれていた北斗くんが、時報を告げるみたいな口調で言った。

「ちゃんとした案内は、放課後にするとして……。まずは教室と、食堂、あとは保健室などを把握しておけば不便はなかろう」

そういえば、食堂を目指していたのだった。朝から目まぐるしく色々あって忘れていた空腹感が、腹の虫になってすこし鳴いた。

顔を赤らめてしまったけれど、北斗くんは「？」と首を傾げつつ語りつづけている。

「職員室の場所は、もうわかるな？　転校生として、すでに挨拶に出向いたはずだ」

首肯《しゅこう》すると、北斗くんはちいさくて無力な生き物でも見るように微笑んだ。

「特別に行きたい場所があるときは、その職員室で教師に聞くか、俺を電話で呼びだしてくれたらいい。他に急用がなければ、五分以内に駆《か》けつける」

どこかズレているけれど、ほんとうに良い子なのだろう――頼もしい。

嬉しくて微笑んでいる私に、北斗くんはスマートフォンを取りだして近づけてきた。

「慣れないうちは、委員長として俺ができるかぎり補佐する。気軽に呼びだしてくれて構わない、番号を教えるから控《ひか》えておいてくれ」

言われて、私はいろいろ教室に置き忘れてきたことに今さら気づいた。なかば無理やり引きずられて、ここまできたから。どうしようと困っていると、北斗くんがメモ帳を差しだしてくれた。

ここにメモしろ、ということなのだろう。有り難く、頂戴《ちょうだい》する。教えてくれた北斗くんの番号とアドレスなどを、こちらも貸してくれたボールペンで書き記していく。

楽しそうに、スバルくんがこちらの手元を覗きこんできた。

「あっ、俺の番号とメアドも教えとくよ！　えっとね〜、銭《ぜに》ゲバ、あっとま〜く……♪」

ほんとうに、わんちゃんみたいな子だ……。慌《あわ》ててスバルくんの口にするアドレスなども、メモしていく。

やや出遅れた真くんが、羨《うらや》ましそうにそんな私たちを眺めている。

「明星くんのメアド、よく変えてるけど毎回ちょっと怪しい業者みたいなんだよね。『俺と一緒に大金持ちになろう☆』とか、そんなの」

「あはは〜、覚えやすくていいっしょ？」

スバルくんは朗《ほが》らかに笑うと、真くんの背中を押して私の正面に立たせる。

真くんのぶんもアドレスとかメモしておいて、という気遣いなのか――単なるスキンシップなのか謎だ。不可解な、男の子たちである。

まだ出会ってそれほど時間が経っていないのに、すっかり打ち解けた雰囲気ではある。

私はまだ遠慮《えんりよ》してしまっているけれど――この子たちは、躊躇《ちゆうちよ》なくぐいぐいくる。

戸惑いながらも不快ではなく、真くんが照れくさそうに教えてくれた番号も控える。転校初日から、アイドルの、男の子のアドレスなどをこんなにいっぱい知ってしまった。

「転校生、念のために言っておこう。いちおう電話番号などは、アイドル科のもの以外には秘密にしておいてくれると助かる」

無意味にどきどきしていた私に、北斗くんが脅《おど》かすみたいに言った。

「これでも全員、アイドルだからな。個人情報が漏《も》れると、トラブルの種になる」

それは、そうなのだろう。ぜんぜん、そんな発想はなかった。

アイドルなのだ、みんな。単なるアドレスを書き記したメモ用紙が、とんでもない兵器に変じたような気がして、私はすこし怯んだ。

この短い文字列と数字の並びを入手するために、人殺しでも何でもやるようなひとたちもいるのかもしれない——私が、そんな大それたものを何かの『ついで』のように入手してしまってもいいのだろうか？

動揺しているうちにも、北斗くんたちはずっと賑《にぎ》やかに喋っている。

「明星、おまえもネットオークションで他のアイドルの電話番号を売ったりするなよ？」

「いやいや、さすがに俺も友達の個人情報を売ったりしないってば」

スバルくんが興味《きょうみ》なさそうに、手を「ぴらぴら」と振った。

「ていうかネットだとね～、振りこみだからね～？　俺はキラキラした現金が好きだから、あんまり魅力を感じないんだよねっ☆」

「まぁ何か『そういうの』で困ったことがあったら、僕に相談してね。ネット関係は得意分野～♪」

真くんが片目を瞑って、そんなアドバイスをしてくれた。

「ふん。無駄話をしているうちに、だいぶ食堂が近づいてきたな」

長い廊下の最果《さいは》て、外の陽光が燦然《さんぜん》と差しこむ区画に辿りついていた。

下駄箱みたいなのが、並んでいる。私が今朝、登校したときに用いたのとはちがう場所だ——あちこちに、出入り口があるのだろうか。

なぜか、ちからいっぱい履き古したような靴が大量に散らばっている。

「いま俺たちが歩いている渡り廊下の中途から、外にでられる。食堂は、すぐそこだ。昇降口《しょうこうぐち》まで行くと遠回りだから、生徒はだいたいこの近道を利用する」

臨時《りんじ》で用いる、もうひとつの昇降口みたいなものなのだろう。この夢ノ咲学院はむやみに広いうえに複雑怪奇な構造をしている、慣れるまで時間がかかりそうだった。


渡り廊下の途中——外に通じているドアを思いっきり開いて、スバルくんが跳躍して飛びだしていった。揺れる、制服の裾《すそ》と太陽みたいなオレンジ色の髪。

「わ～い！　今日は好《い》い天気だね～っ、世界中がキラキラしてるよ☆」

「明星、いきなり飛びだすな。犬か、おまえは。せめて、靴《くつ》を履《は》きかえろ」

北斗くんが近くに落ちていた外履きを拾って、駆け回っているスバルくんに放った。それを器用にキャッチし、スバルくんが靴を履き替えている。

ほんとうに好い天気で——外は、輝きに満ち溢《あふ》れている。対比されて、夢ノ咲学院のなかが陰鬱《いんうつ》な暗がりに見えてしまった。眩しくて目を細める私の肩を、北斗くんが小突く。

「転校生も、ほら。上靴は、ここで脱げ」

自分も上靴を脱ぎながら、北斗くんが学校によくある独自の規則《ローカル・ルール》を教えてくれる。

「このへんに並んでる下足は、どれでも勝手に使っていいことになっている。足のサイズにあうものを選んで、履きかえるといい」

あまりにも夢ノ咲学院の校舎は広い、いちいち昇降口まで行くのを億劫《おっくう》がった生徒たちが工夫した結果なのだろう。しかしアイドル科には男の子しかいないので、靴も男物ばかりだ。サイズがあうもの、あるだろうか。

まぁ、どれでもいいのだけれど。誰かが履いた靴に触るのは嫌だ、というほど潔癖症《けつぺきしよう》ではない。こういうところ、男子校という感じである。

散らばった靴を物色している私を、北斗くんが興味深そうに見下ろしている。

「ふん。転校生は上靴に名前を書いていないのか、他のと『ごっちゃ』になりそうだな」

「あ〜、転校したてだから持ち物に名前を書いてないんだねっ？」

なかなか誰もこなくて寂しくなったらしいスバルくんが、外からドアに手をかけて楽しそうにこちらを見ている。

日差しを反射して、スバルくんの双眸は嘘《うそ》みたいに輝いている。

「いいなぁ、ピッカピカの新品☆　俺のと、交換しない？」

「転校生。マジックペンがあるから、これで上靴に名前を書くといい」

外履きのまま入ってこようとするスバルくんを手のひらで押し出しながら、北斗くんがいつの間にかマジックペンを取りだしていた。手品みたいに。メモ帳やら金平糖やら十円玉やら、彼のポケットにはいろんなものが入っているみたいだ。

真くんが感心したみたいに、自分も靴を履き替えながらつぶやいた。

「氷鷹くんはマジで用意がいいというか、かるくドラえもんだよね……？」

「てゆ～か、『お母さん』っぽい～☆」

真くんに抱きついて邪魔しながら変なことを言うスバルくんに、北斗くんが苦々しい表情になる。

「誰が、お母さんだ。何があっても対応できるよう準備しておくのが、委員長としての俺の流儀《りゅうぎ》だ」

とても得意げな、北斗くんである。

「動くな、転校生。ついでだから、上靴に名前を書いてやる」

みんなの遣り取りを眺めていて靴を選べていなかった私に、北斗くんが見かねたように歩み寄ってくる。手には、先ほど取りだしたマジックペン。

「おかあさ～ん、俺の上靴も名前書いてなかったから書いて書いて☆」

「お母さんと呼ぶな。ふむ、転校生は足がちいさいな――」

床をばんばん叩いて駄々《だだ》っ子（？）しているスバルくんをなかば無視して、北斗くんが私の上靴をそっと撫《な》でる。

「これなら名前を書くまでもなく、他の上靴と『ごっちゃ』になることはなさそうだな」

そして、あっという間もなくその場にしゃがみこんで――。

「まぁ念のため、書いておこう。備《そな》えあれば、憂《うれ》いなしだ」

立ちっぱなしの私の足下で、履いたままの私の上靴に名前を書き始めた。みょうな感触に驚いて、変な声がでてしまった。

「動くな転校生、文字が歪む。……スカートが視界を塞《ふさ》いで、邪魔だな」

さらに北斗くんが当たり前のように私のスカートに手をかける段になって、ようやく見かねたのか、真くんが突っこみをいれてくれた。

「氷鷹くん。君にそんなつもりがないのは重々承知だけど、セクハラに見えるよ？」

「ホッケ～ったら、セクハラオヤジ～☆」

「『お母さん』なのか『オヤジ』なのか、せめて統一しろ」

真くんの発言とスバルくんの野次《やじ》に、北斗くんが困ったようにぼやいた。

「ふん、書けたぞ。では行こう、もたもたしていると食券が売り切れる」

さっさと私の上靴に名前を書き終えると、北斗くんはすぐに立ちあがる。自分も手早く靴を履き替えて、外にでると手招きしてくれる。

逆光だったので、彼がどういう表情をしていたのかはわからなかった。

屋外である。

もともと風光明媚《ふうこうめいび》な地域なので、学院の敷地内にもたっぷり花壇《かだん》や植木があって緑豊かだ。変な表現だけれど、博物館の中庭みたいである。

正面には食堂らしき、厳《おごそ》かな建物。

その奥にはだだっ広いグラウンドと、さらに向こうには大海原《おおうなばら》が広がっている。私の背《せ》丈《たけ》では、ここからでは建物に隠《かく》されてそのあたりは見えないけれど。

裏道みたいなところからきたせいか、他に理由でもあるのか——周りに生徒の姿はない。

誰かがライブパフォーマンスの自主練でもしているらしく、歌声や、楽器を演奏《えんそう》するような音とか——賑《にぎ》やかさは伝わってくる。

私はちょうどいいサイズのものがなかったので、ややおおきな靴《くつ》を履《は》くしかなくて「ぽっくりぽっくり」と靴音を高鳴《たかな》らせてしまう。

周りには、思い思いにのんびりと歩く男の子たち。

ほんとうに、変な感じだ。

昨日までの生活とは、何もかもがちがっていた。

「んん〜っ、最高の快晴《かいせい》だよね！　テンションあがるぅ☆」

元気いっぱいに走り回っていたスバルくんが、私たちを振り返る。早くおいでよ、みたいに手招《てまね》きしていた。

すぐに、待ちきれなくなったらしいスバルくんが全力で駆け寄ってダイブしてくる。他の三人がかりで受け止めて、苦笑い。

大事そうに私たちをひとりずつ抱きしめてから、すぐに離れて――。

スバルくんは、空で輝《かがや》く太陽よりも輝かしい笑みを浮かべるのだった。

「あははっ、まだ春なのに日焼けしちゃいそう！　むしろ日焼けするなら今しかないよねっ、ウッキ〜？」

「えっ、急に話を振らないでっ⁉」

他人の靴に慣れないのだろう、けんけんして違和感《いわかん》を消そうとしていたらしい真《まこと》くんがギョッとした。眼鏡《めがね》を「くいっ」と傾けて、大真面目に応える。

「えっとえっと、『高校生』だけに『光合成』だね……！」

「あはは☆　相変わらず、ウッキ〜のスベリ芸は冴《さ》え渡《わた》ってるよね！」

「スベリ芸⁉　いや、いつも僕はマジで『いける！』と思って発言してるんだけどね！」

必死に言い訳している真くんをほぼ無視して、スバルくんが「それはともかく」とみように冷静に私たちを見てくる（スルーされた真くんは寂《さび》しそうにしていた）。

「ねぇホッケ〜、さっきの説明でわかんなかったとこがあるんだけど？」

さっきから止まることなく動き回っているのに、スバルくんはちっとも疲《つか》れた様子を見せない。むしろ、日差しを浴びてどんどん元気になっていくみたいだ。

自由奔放《じゆうほんぽう》に飛び跳ねているのに、不思議と邪魔《じやま》にならないというか――不快《ふかい》ではない。足運びが絶妙《ぜつみよう》なのだろうか、何なのだろうか。

不思議な、男の子である。

感心しながらスバルくんを見ている私のすぐそばで、騎士《きし》みたいに控《ひか》えていた北斗《ほくと》くんが――思案げに、顎《あご》のあたりに手を添《そ》える。

「ふむ。俺の説明に不備があったなら、指摘《してき》してほしい」

「不備、ってわけじゃないけどさ。さっきの説明だと、『転校生の立場』がよくわかんないんだよね」

そんな北斗くんに後ろから抱きついて、スバルくんが無垢《むく》な様子で尋《たず》ねる。

「『俺たちの学院について、転校生に説明する』って趣旨《しゆし》だから、仕方ないんだけど。俺たちのほうも、転校生に興味津々《きようみしんしん》なんだよね！」

間近から、私の顔を覗《のぞ》きこんでくる。

「詳しく教えてっ、知りたい知りたい☆」

にこにこ微笑《ほほえ》みながら言われたけれど、私は返事もできない。お喋《しやべ》りが苦手だ、語れることもないし。あなたたちに、興味をもたれるようなことは何も――。

戸惑《とまど》っていると、北斗くんが両手でスバルくんを持ちあげるような動きをした。

「明星《あけほし》。同じ言葉を連呼するの、よくない癖だぞ。耳障《みみざわ》りというほどでもないが、子供っぽく見える」

そのままスバルくんに、前を向かせる。ほんとうに、お母さんみたいだ。などと感心している私を促《うなが》し、北斗くんが全員に歩みを再開させる。

「まぁいい。明星の疑問も、『もっとも』ではある」

「そういや謎《なぞ》めいた存在だよね、転校生ちゃんって」

いちばん遅れてついてきていた真くんが、私の横に並んで顔を覗きこんでくる。みんな距離が近すぎる——近くで見ると、真くんは驚くほどの美形だ。

何となく直視できず、また俯《うつむ》いてしまった私から、真くんも恥じらうように目を逸《そ》らしてしまった。

「うちの学院のアイドル科って男しかいないはずなのに、女の子だもん」

それでも興味は尽《つ》きないらしく、また私を横目で見てくる。何だろうその、初恋をした女の子みたいな仕草《しぐさ》は。

「……女の子だよね？『女装した男性アイドル』みたいな、特殊なアレじゃないよね？」

「まちがいなく女性だろう、骨格でわかる。第二次性徴を区切りとして、身体《からだ》つきから性差は判別が可能になる」

おかしなことを言ってくる真くんに、北斗くんが論理的で思わず納得しそうになるものの、びみょうに的外れな説明をしている。

あれ、どうして私は性別を疑《うたが》われているのだろう？

自分の女の子らしさに自信を失いかけていると、北斗くんは溜息《ためいき》をついた。

「女装した男子だったら、まだ話は簡単だったのだがな……。便所や着替えは、どうするつもりだろう？」

あまり、そういう尾籠《びろう》な話題を臆面《おくめん》もなく口にしないでほしい。仕方ないけれど――私がくるまで、夢ノ咲学院《ゆめのさきがくいん》アイドル科は男子校そのものだったのだから。

「普通科のほうには、女子もいるはずだが。いちいち、向こうの校舎まで移動するのも億劫《おっくう》だろうしな」

「アイドル科と他の学科の敷地《しきち》って、受付とかで区切られてるもんね。いちいち移動するのは、手間だろうね〜？」

真くんが何やら調べているらしく、スマートフォンを操作している。

「う〜ん、職員や外来の講師には女のひともいるし。そのための設備もあるから、当面はそういうのを利用するしかないだろうけど」

私もそうするつもりだ、という気持ちをこめて頷《うなず》いてみる。ほんとうに私の転校は急に決まったから、設備やもろもろの準備が追いついていないのだ。私のためだけに、トイレなどを新たに設置するというのも大がかりすぎて、逆に恐縮《きょうしゅく》するし。

着替えはいちおう臨時で、普段は使われていない空き教室を利用するようにと言われてはいる。私の着替えのたびに、他の男の子たちをみんな追いだすのも申し訳ないので。

もともと男子ばかりの空間に女子がひとり、という無茶な話なのだ。綻《ほころ》びがでるのも仕方がない、どうにか順応して——対処《たいしょ》していこうとは思っているけれど。

「ふむ……。俺が聞いた話では、来年から夢ノ咲学院は全体的に共学化するらしい。転校生は、そのテストケースのようだ」

北斗くんが、そう言ったとおりである。来年度からの共学化にあわせて、設備などもろもろ整っていくにちがいない。気長に待てば、そのうち快適《かいてき》な環境になるはずだ。

「あぁ、こないだの全校集会で学院長がそんなことを言ってたような？」

真くんがスマートフォンをいじるのをやめて、複雑そうな表情をした。

「共学化ね〜。まぁべつに、男性アイドル育成に特化する意義はそんなにないしね。最近はどっちかっていうと、女性アイドルのほうが活発な印象あるし？」

「というか、芸能界——もっと偏《かたよ》った表現をすると、『アイドル業界』の規模と活気が増している」

私にはまだよくわからない業界の事情を、語りあっている。彼らはまさに当事者だ、他人事ではないのだろう。私にとっては、まだテレビのなかの話……という感じだけれど。

「古式ゆかしき夢ノ咲学院のやりかたを、見直す時期なのだろうな」

夢ノ咲学院は、歴史あるアイドル養成学校だ。設立された当時は真新しかっただろうけれど——時代の流れとともに芸能界も、アイドル像も変わっていっている。

そんな現実に、実情に対応するため——いろいろと模索《もさく》している時期なのだろう。

変わりつづける現実と折りあいをつけ、馴染《なじ》まなければ、滅《ほろ》ぶしかない。

「共学化するだけでなく、学院が育成する生徒の範疇《はんちゅう》が拡大するようだな。女性アイドルだけでなく、声優・音楽家・演出家などなど広く育成する方針となる」

そんなような話は、私も聞いている。

とはいえ私には専門的な技術もないし、夢もないし——言ってみれば何の能力もない役立たずでもどうにかなるかもしれない、無難な学科に所属することになった。

「転校生はそんな方針により新設される学科、『プロデュース科』に所属することになるらしい」

北斗くんの、仰《おつしや》るとおり。

私はこのアイドルたちの学《まな》び舎《や》に、『プロデューサー』として転入してきたのだ。

「ふぅん、『プロデューサー』かぁ？」

スバルくんがまるで初対面みたいに、あらためて上から下まで私を眺《なが》めてくる。

「そういや、そういう立場のひとっていないよね。教師が代替《だいたい》してるっていうか、いなくてもべつに不都合なかったし？」

「教師も、通常の業務で手一杯だしな。『プロデューサー』としての役回りを請《う》けおってくれる生徒がいるなら、助かるのだろう」

この夢ノ咲学院は巨大なアイドル事務所のようなものということだけれど、生徒を教育して指導《しどう》してさらにプロデュースもする——となると、教師の負担がおおきすぎる。生徒どうしで、そのあたりをやってもらえれば助かるのだろう。

そんなことを考えている私を、今度は真くんが食い入るように見てきた。あまり、見られるのは得意ではないのだけれど……。困って見返すと、真くんはすぐに視線を逸らしてくれる。私と同じで、注目されるのは苦手なのかもしれない。

アイドル、なのに。

「ふぅん。転校生ちゃんって、立場としてはアイドルじゃなくて『プロデューサー』だったんだね？」

納得したように、真くんは何度も頷いている。

「どうりで、アイドルっぽくないなぁとは思ったけど」

そう言う真くんこそ、言動はアイドルらしくはない。ふつうの、どこにでもいる男の子に見える。

だからこそ、親近感もおぼえるけれど。

ひとくちにアイドルといっても、いろんな子がいるのだろう。

「うむ。今のところ『プロデュース科』には彼女しかいないので、教室や通常授業は、『アイドル科』……。つまり俺たちと、合同のようだがな」

北斗くんの言うとおりの事情で、私は彼らと同じ二年A組に転校してきた。本来なら他の学科はちがう教室なので、特例である。来年度からは、変わってくるのだろうけれど。

彼らとは一年間、同じ教室で席を並べて学んでいくことになる。

「それと。転校生は、『プロデューサー』としてもド素人《しろうと》のようだ」

仲良くしよう、みたいな気持ちをこめて笑っていると、北斗くんがかなり酷《ひど》いことを言った。仰るとおりだけれど——もっと、柔《やわ》らかく言ってほしい。

あらためて、自分の場ちがいさが嫌になる。私はこれまで、アイドルにもほとんど興味がない一般人だったのだ。どうして、私はこんなところにいるのだろうか。

スバルくんが「そ〜なの？」と、驚《おどろ》いたように首を傾《かし》げている。

「どうも、そうらしい。最初は、『普通科』のほうに転入する予定だったようだが——」

そのとおりだけれど、なぜ北斗くんはそこまで私の事情を知っているのだろう。

おそらく担任教師あたりに転校生の世話を焼いてやれ、と言われた際に、いろいろ聞いているのだろう——委員長も大変である。

「『プロデュース科というのを新設するから、そっちに入ってみない？』みたいに言われて、そちらに所属することになったらしい」

そのとおり、今ではすこし後悔《こうかい》している。転入を決めた時期の私はなかばやけっぱちになっていて——いろいろ考える、心の余裕がなかったのだ。

ひたすらに新しい、見たことのない景色《けしき》を期待して。

すべてを捨て去って、これまでの生活を、私自身をすべてゴミ箱に放り投げて。

自由な、新天地を目指したかった。

暗鬱《あんうつ》な沼地のような哀《かな》しみに満ちた毎日を、過去の地層《ちそう》のなかに埋めてしまいたくて。

キラキラ輝く世界で、生きてみたかったから。

私は、今ここにいる。

何の因果《いんが》か『プロデューサー』として――アイドルたちに、取り囲まれている。

「新しい学科の新設と彼女の転校は急遽《きゅうきょ》、決まったらしくてな。学院側もドタバタしているらしく、詳細は不明だ。おかしな話だし、きなくさい気もするが」

すこし私を疑《うたぐ》るように眺めつつも、北斗くんは淡々《たんたん》と語りつづける。

「突然、新設された学科にいきなり配属された――まっさらな素人を、一流の『プロデューサー』に仕立てあげるという……。夢ノ咲学院としても、チャレンジではあるのだろう」

「チャレンジというか、無謀《むぼう》というか……。無茶だなぁ、転校生ちゃんもよくそんな厄介《やっかい》そうな転校を受けいれたね？　男前すぎる！」

真くんが感心してくれて、私は照れ笑いを浮かべたけれど。

その直後の北斗くんの言葉に、凍《こお》りついた。

「前の学校で何かあって、慌《あわ》てて転校せざるを得なかったのかもしれないがな」

…………。

私は、何の反応も示せなかった。

押し黙ることしか、できなかった。

おそらく私は見るに堪《た》えないような酷《ひど》い面相《めんそう》をしていたのだろう、北斗くんは驚《おどろ》いたように目を丸くして、前を見据える。

「まぁ新しい学校で、まったく新しいことに挑戦してみようという、転校生の気概は賞《しょう》賛《さん》できる。俺たちも応援し、支えになるべきだ」

　壊れた玩具《おもちゃ》みたいに動けなくなってしまった私の背中を、優しく支えるように押して、前を向かせて――促して歩きださせてくれる。私は、唯々《いい》諾々《だくだく》と従った。

「ともあれ、学生時代から……。そして日常生活のなかで『アイドル』と『プロデューサー』が繋《つな》がりをもてるのは、好都合ではある」

「ふつうに学校生活してるだけで偉いひととコネをつくれるのは、いいかもね」

　どうにか笑顔を取り繕《つくろ》った私に、すこし安心したように真くんが北斗くんの言葉を繋いだ。やはり私が喋らなくても、勝手にみんなで話してくれるから気楽である。

「まぁ、転校生ちゃんが偉い『プロデューサー』になれるかはわかんないけど？」

　場を和《なご》ませようとしたのか、軽口を叩《たた》いてくれる真くんだった。


　はにかむ私に、スバルくんが調子よく合いの手を入れる。

「どうも～、今後ともご贔屓《ひいき》にお願いします『プロデューサー』！　よっ、大統領《だいとうりょう》☆」

「まぁ、そこまで媚《こ》びを売る必要はないがな。仕事相手と良好な関係を築《きず》く練習というか、良い経験にもなるはずだ」

北斗くんも微笑《びしょう》を浮かべて、まとめるように言った。

「夢ノ咲学院で得た、彼女との関係性が……。俺たちのアイドル活動の、いいや人生の宝になるかもしれない」

そこで話は一区切りかと思ったら、まだ北斗くんは喋っている。

「それに、未来の『プロデューサー』を育成できるようになれば……。芸能界が得られるものは、アイドルを育成するよりも場合によってはおおきい」

彼にとって、そのあたりは非常に興味のある事柄《ことがら》なのだろう。いっぱい、そのことについて考えていて――だからいちど舌にのせてしまえば、止まらなくなるのだ。

「アイドルのみを量産しても、活《い》かせる場や人材がなければ、宝《たから》の持ち腐《ぐさ》れだからな」

北斗くんはアイドルだから、当事者だから、芸能界の事情も他人事ではないのだろう。

ううん――それだけではない、何か深い理由があるのかもしれない。

「『アイドル』と『プロデューサー』は、車の両輪だ。片方のみ大量生産しても、芸能界は立ち往生《おうじょう》するだけだ。前へ進むためには、必要な投資《とうし》のように思う」

私はまだ彼らについてあまり知らないから、わからないけれど。

もう、目を逸らせない。関わってしまった、知りあってしまった。

ド素人でもへっぽこでも、私は『プロデューサー』になってしまったのだから。

「『プロデューサー』などを、卒業生として世に送りだすことができれば……。芸能界で働くものの大半を、夢ノ咲学院の卒業生のみで構成することも可能かもしれん」

現在でもすでに、夢ノ咲学院の卒業生は――とくにアイドル業界に広く分布して、活動している。

その分布を、深度を、さらに巨大にする。

それが、夢ノ咲学院の方針なのだろうか。

「関係者で芸能界を埋《う》め尽《つ》くせば、夢ノ咲学院の発言力は計り知れないものとなる。芸能界において、夢ノ咲学院は存在感・支配力をこれ以上ないほどに高められる」

「ほんと、未来のための投資って感じだね。そんな調子で芸能界を牛耳《ぎゅうじ》るつもりなのかね～、うちの学院は。手を広げすぎて、虻蜂《あぶはち》取らずにならなきゃいいけどね？」

真くんが小市民らしく、寒さに震えるみたいな仕草をした。実際、陰謀《いんぼう》論めいた――非現実的ながらも、恐ろしい話ではある。私が、とんでもない悪事の片棒《かたぼう》を担《かつ》がされている可能性が、ほんのわずかでもあるのだ。

悪事というか、やはり陰謀、何者かの野望の――。

「まぁ、新しい風が吹きこむのは『いいこと』じゃんっ♪」

楽天的に、スバルくんがのほほんと笑っている。

それを見て安堵《あんど》したのか、北斗くんも表情を綻ばせた。

「うむ。変革期なのだろうな、あらゆる意味で」

むしろ期待をこめて、あらためて私を見つめてきた。

「転校生は、俺たちが『クラスメイト』として接する初めての女生徒であり、『プロデューサー』でもある――この伝統としがらみに凝《こ》り固まった夢ノ咲学院アイドル科を揺り動かす、起爆剤《きばくざい》のひとつになりそうだな」

「起爆剤ね、いいねいいね☆　俺たちも退屈で前時代的なこの学院のシステムとかをぶっ壊そうぜ～、って心づもりだからさ！」

北斗くんと肩を組んで、スバルくんが両目を輝かせている。

「その後押しをしてくれるなら、願ったり叶《かな》ったりだよね～☆」

「まぁ、まずは学院に慣れてもらうのが優先だがな。転校生には転校生の考えもあるだろうし、俺たちへの協力も強制はできん」

男の子たちだけで、何やら不穏《ふおん》な遣《や》り取りをしている。

どういうことだろうか――彼らは私を、何に巻きこもうとしているのか。できることなら、ちからになってあげたいけれど。

ほんの短い間、会話をしただけでも――何だかこの子たちのことが、好きになりかけていたから。彼らに、笑っていてほしいと思い始めているから。

私に、何ができるかはわからない。

何もできなくて、失ってばかりだったから、ここにいるんだけれど。

「だが実際、この学院の現状を見て聞いて感じてもらって――」

北斗くんが顔をあげて、夢ノ咲学院のすべてに挑《いど》むように周囲を見渡した。

巨大なアイドルたちの学び舎は、ただ傲然《ごうぜん》と聳《そび》え立っている。

「自ずと転校生も『こんなのまちがってる』と思ってくれたなら、俺たちはきっと他に代え難《がた》い仲間になれる」

機械のように淡々としている彼が、その瞬間だけは火傷《やけど》しそうな熱量をもって。

「俺は、それを信じたい」

そう、告げてくれた。

その言葉の意味を、私はまだきちんと理解できていないけれど。

魂が、震えた。彼の熱が、私の心に伝播《でんぱ》してくる。久しぶりに、生きている気がした。

死んでいないだけではなく、ただ生き延びているだけでもなく——私、生きている。

「……話が、前後してしまったな。先走りすぎるな、明星。段階を追って説明したい、俺の予定を乱《みだ》さないでほしい」

「はいはい、っと。ごめんごめん、でも俺たちも『藁《わら》にも縋《すが》りたい』感じだからね〜♪」

頭を小突《こづ》かれて舌をだすと、スバルくんが前方を指さしてぴょんぴょん跳《は》ねた。

「それよりホッケ〜、グラウンドのあたりで何か騒ぎが起きてるぞ！　早速、『この学院の現状』ってやつを見せられるんじゃない？」

「ふん。それは好都合だ、言葉で説明する手間が省《はぶ》ける」

北斗くんは不敵に笑うと、また無造作に私の腕を摑《つか》んで引っぱっていく。

拒絶もできずに、荒れ狂う運命のなかへ——。

「あまり俺たちから離れるなよ、転校生。少々、荒っぽい事態になりそうだ」

私は、踏みだした。

後戻りのできない勢いで、夢ノ咲学院で花咲く狂騒《きょうそう》へと。


人海戦術という言葉があるように、人間は密集しすぎると海に似る。

手のひらや頭部が流れる音楽にあわせて揺《ゆ》れる様《さま》は、寄せては返す大波だ。

潮騒《しおさい》のように、ざわめき声が耳に痛いほど喧《やかま》しい。

早春だというのに蒸し暑いほど、人混みには熱気が充満《じゅうまん》している。

まだ着慣れない夢ノ咲学院の制服が、じっとりと汗ばむ。

異様な、雰囲気《ふんいき》だ。

広いグラウンドを埋め尽くさんばかりの、人、人、人……。全員、夢ノ咲学院の生徒なのだろう。やはり海を連想してしまう、鮮やかな青いブレザー制服の群れ。みんな男の子なので、私は背丈が足りずに埋もれてしまって遠くまで見通せない。

何事だろうか、これは。暴動？　バーゲンセール？

ううん——まだ私にはあまり馴染みがない、けれどテレビなどで何度か見たことのあるライブ会場みたいだ。

みんな、手にサイリウム——あの工事現場のひとがもっている光る棒を細くしたみたいなものを、握りしめている。

さっきから大音量で流れている歌声や演奏も、かなり荒々しい曲調だけれどアイドルソングのようだ。集まっている生徒たちはみんな飛び跳ねて、頭を揺らし、親指と人差し指と小指だけ立たせる独特なハンドサインをしている。

そういう専門用語、きちんと勉強しておかないと。

「おぉ、すっごい人だかりができてるぞ！　むやみに、ワクワクする～☆」

「ふむ。大音量で楽器の演奏も垂《た》れ流されている、やや声が通りづらいな」

先行していたスバルくんと北斗くんが楽しそうに会話しながらも、人混みに遮《さえぎ》られて進めずに、立ち往生している。

その背中にぶつかってしまって、私は変な声をだしてしまった。

考えごとをしながら歩くものではない——反省していると、北斗くんが振り向いた。

「俺たちの声が聞こえるか、転校生？　もっと、耳元で話したほうがいいか？」

「はぐれないように気をつけてね～、転校生ちゃん。みんなちょっと殺気立ってるっぽいから、転んだりしたら踏んづけられちゃうよ？」

遅れてついてきた真くんが、背伸びして群衆《ぐんしゅう》の視線の先を気にしながらも私を心配してくれた。ありがとう、と目配せだけで感謝する。

「俺の腕に摑まるといい、転校生」

微笑みあっている私と真くんを見て、対抗するみたいに北斗くんが腕をだしてくれた。

「明星、遊木《ゆうき》も……。転校生が押されて転ばないように、壁になってやれ」

「はいは〜い。男の子だもんね、そんぐらいするよ。さすがにこの人口密度だと、踏ん張るだけで大変っぽいけど」

　北斗くんが促し、真くんも即応する。ぴったり、呼吸があっている。

　私の周りを三人が取り囲んでくれて、ようやくすこし安心できた。実際、集まっている生徒たちはこちらのことなどお構いなしに興奮していて、肩などをぶつけてくる。守られている私はともかく、ひ弱らしい真くんが誰かに激突されて転びかけた。

　ずり落ちそうになった眼鏡を慌てて保持して、真くんは苦笑いする。

「どうも、こりゃ『B1』だね。生徒会の仕切りじゃないから、わりと無法状態っぽい。『B1』は、いつもそうだけどね〜？」

「『B1』か……。どこの仕切りか調べられるか、遊木？」

「もちろん。でもちょっと待って、お昼ご飯を食べるつもりだったからスマホしか持ってきてないや。えぇっと、本日開催予定の『B1』は〜っと？」

　私にはよくわからない単語を口にしながら、北斗くんの指示で真くんがスマートフォンを操作し始める。かなり手慣れている、目にもとまらぬ滑《なめ》らかなフリック。

「ふむ。遊木が詳細を調べてくれている間に、状況がまったくわからんだろう転校生に説明しておこう」

　戸惑っている私を察したのか、北斗くんが顔を近づけてきた。耳元で喋らないと、周りが騒がしすぎて声が通らないのだ。

「夢ノ咲学院アイドル科では、定期的・突発的に『ドリームアイドルフェスティバル』というイベントが開催される」

大事そうな話だったので、集中して聞くことにする。

「略して、『ドリフェス』などと呼ばれる場合がおおいな」

先ほど渡されたままだったメモ帳を取りだし、重要そうな単語を書き記す。ドリフェス——それが、目の前で巻き起こっている大騒ぎの名前なのだろうか？

「この学院に在籍しているかぎり避けられない事象なので、覚えておいて損《そん》はないはずだ」

私がメモするのを律儀《りちぎ》に待ちながら、北斗くんが淡々と説明してくれる。

「ドリフェスは端的に言って、アイドルの力量を競《きそ》いあうための催《もよお》しだ。普通の学校にとっての、定期考査……テストのようなものだろうか」

素人の私を気遣《きづか》ってくれたようで、身近な喩《たと》えをしてくれた。わかりやすい——彼らはアイドルであると同時に学生でもある、ここは学校なのだから試験もある。

「とはいえ。アイドルの力量といっても、単純に点数で比べられるものでもない」

うんうん頷いている私に、気をよくしたのか北斗くんも表情を綻ばせて語る。他のふたりがあまり他人の話を聞かない感じなので、素直な聞き手が嬉しいのかもしれない。

「歌唱力、演技力、話力、人気……もろもろが加味された、総合的でフワッとした『点数がつけられない』ものではある」

それは、そのとおりだ。

「その曖昧《あいまい》な『アイドルの力量』というものを、学力のような、素っ気ない数字に置き換えるために競《きそ》いあうのがドリフェスだ」

何か思うところがあるのか、北斗くんはやや苦い顔をしながら説明をつづける。

「用意された、舞台上で……。アイドルの個人どうしが――あるいは『ユニット』と呼ばれる集団どうしが、対決する」

『ユニット』とは何だろう、と思うと同時に北斗くんが察して補足してくれた。

「『ユニット』については、後ほど説明しよう。説明が入り組んでしまって、申し訳ないが――」

「ドリフェスでは、アイドルの個人か『ユニット』がそれぞれパフォーマンスを行う。そして集まった客が『良かった』と思ったほうに、投票する」

北斗くんは家庭教師みたいに、こちらの理解度を探りながら語ってくれる。

「その得票が集計され、より得点のおおい個人あるいは『ユニット』の勝利となる。極限までシンプルに説明すると、そういう催しだ」

わかりやすいというか、ゲームみたいだ。スポーツのようでもある、ルールがあって得点があって勝敗がある。もちろん北斗くんが簡略化《かんりやくか》して説明してくれただけで、実際は奥深くも複雑な代物《しろもの》なのだろうけれど。

「そんなドリフェスの結果は、成績に反映される。夢ノ咲学院アイドル科の全生徒および『ユニット』は、このドリフェスによってランクづけされているのだ」

成績か――そのあたりも、学校らしい。あまり、得意な単語ではないけれど。

私がこれまで通っていたのは、成績争いが熾烈《しれつ》で息苦しい、進学校だったから。

「順位がつけられ、より点数を稼《かせ》いだ――つまりドリフェスで勝利を重ねた個人や『ユニット』には、学院から報酬や好待遇《たいぐう》が与えられる」

そのあたりも、極端ながらも学校らしくはある。生徒の価値は成績で、点数で、決められる。学校というより、塾《じゅく》みたいだけれど。

「ゆえに、みんな必死だ。勝てば学院からの手厚いサポートを受けられ、芸能活動においても有利になる。卒業後の、将来も保証される」

そうだろう、できない子に投資するメリットは何もない。お金と時間をかけるなら、問題児よりも優等生――夢のない話だ、アイドルの学び舎なのに。

「だが負ければ、どん底だ。得点を稼げない、ドリフェスで勝てない生徒には『劣等生《れっとうせい》』の烙印《らくいん》が押される。評判もガタ落ちで、芸能界に居場所がなくなる」

私が表情を暗くしたので、北斗くんはやや無理やり頼もしいそぶりで胸を張った。力強く前向きに、憧れてしまいそうなほどに。

「ゆえに……。夢ノ咲学院の生徒たちはドリフェスで勝利するため、日夜、パフォーマンスの精度や魅力を高めるために努力している」

通知表のために勉強をがんばる、みたいな感じだろうか。

試験の結果がすべてを決める——この夢ノ咲学院では、ドリフェスの結果が。

「ドリフェスはそうして生徒たちを競わせ、切磋琢磨《せっさたくま》させるための催しなのだ」

北斗くんはそこまで語ると、ほとんど聞き取れない声で「あくまで、本来はな」と付け足した。

「すまん、含《ふく》みのある言いかたをしてしまったな。まぁ、だいたいそんな感じの催しであると理解してもらえればいい」

思わず口から零れたような失言を、彼は慌てて取り繕った。

「ドリフェスはアイドルどうしを競走馬のように争わせる、生存競争の場なのだ」

当惑する私に、誤魔化すみたいに矢継《やつ》ぎ早《ばや》な説明をつづけてくれる。

「ドリフェスにはいくつか区分、ランクがあり、上から順番に『SS』『S1』『S2』『A1』『B1』と呼ばれている」

区別の付きにくいそれらを、私は必死にメモしていく。

「よりランクの高いドリフェスで勝利すればするほど、それは高い実績として評価される。逆にランクの低いドリフェスでどれだけ勝利しても、たいした恩恵《おんけい》はない」

北斗くんは懇切丁寧に、わかりやすい数字を示してくれる。

「ざっくり、表現すると。ひとつ下のランクで百回の勝利を重ねるより、ひとつ上のランクで一回だけ勝利したほうが、その勝利には価値がある」

ほんとうに学校の先生みたいに、重要なところを強調してくれたりする。

「そんな、明確な『勝利の重み』のちがいがある。これも、覚えておいてほしい」

青空教室で勉強している気分で、私は必死に理解に努《つと》める。

「今、俺たちの目の前で開催されているのは『B1』、つまり最低ランクのドリフェスだ。この『B1』についてのみ、取り急ぎ説明しよう」

説明は一段落したのだろうか——と思ったらまだ長引くようだ。私は慌てて、そっと閉じかけていたメモ帳を再び開いた。

「『B1』は学院が公式には認めていない、非公式のドリフェスだ。いわゆる、野良試合だな。学院は『B1』の存在を無視しているため、ここで勝っても成績にはほぼまったく反映されない」

非公式戦。入試の過去問で好成績をおさめても、実際の受験での合格・不合格にはぜんぜん関係ない——みたいなことだろう。おおざっぱに、把握《はあく》する。

「だが諸事情あって、『A1』以上のランクのドリフェスが有名無実のものとなり……。生徒たちのモチベーションが低下している、この現状では——」

引っかかる発言だったけれど、北斗くんは誤魔化すみたいに早口で語る。

「『B1』こそが、もっとも自由で活気のあるドリフェスだと言えよう」

たしかに、すごい熱気である。これで最低ランクのドリフェスだというのだから——もっと上のランクのものは、武道館《ぶどうかん》でのライブみたいになってしまうのだろうか。私はあらためて、とんでもない場所に自分がいることを実感する。

「せっかくだから、このまま見物しよう。ドリフェスこそ、最も夢ノ咲学院らしい催しではあるからな」

そこで説明は一区切りなのか、北斗くんはあらためて前方——周りのみんなが注視する方向へと視線を向ける。

「この学院に馴染むためにも、その現場に身を置く意義はあるはずだ」

満員電車のなかにいるみたいで、身の置き場がない私だったけれど——北斗くんは、もたれかかってしまった私を子供あつかいする。

「ちゃんと舞台が見えているか、転校生？　肩車、したほうがいいか？」

さすがにそれは恥ずかしいけれど、踏み台ぐらいはほしいところだ。

私はがんばって背伸びして、狂騒の中心へと視線を向ける。

Conflict

密集した生徒たちが見据《みす》える先に、舞台があった。

仮設ステージと呼ぶのだろうか、ほどよい広さの簡略化《かんりやくか》された舞台である。装飾《そうしょく》のたぐいはほとんどないけれど、必要最低限の照明や音響設備は揃《そろ》っている。すこしだけ高い位置にあるため、私は生徒たちの隙間《すきま》からどうにか背伸《せの》びして遠目にそれを確認する。

肩車されるよりはまし、と思ってもう形振《なりふ》り構わず北斗《ほくと》くんの肩に抱きつくようになっている。背伸びしたまま、転ばないようにだけ気をつけて注視する。

次からは、踏み台とかを持ち歩くべきだろうか。ドリフェスとやらは日常茶飯事《にちじょうさはんじ》だというし、毎回こんな無理な姿勢で観戦《かんせん》していたらどこか痛めそうだ。

振り回されるサイリウムに当たらないように、ときどき頭を引っこめながら。

過剰《かじょう》に高まっていく熱気のなか、私はひたすら舞台を注視《ちゅうし》する。

『神前に、礼！　お互いに、礼！』

仮設ステージの隅っこのほうに、マイクを手にして叫んでいる男の子がいる。

おそらく一年生だろう――夢ノ咲学院《ゆめのさきがくいん》はネクタイの色で学年を区別していて、赤が一年生、青が二年生、緑が三年生だ。年相応に無邪気《むじゃき》そうな、元気いっぱい、という見映《みば》え。

激しく身振り手振りをしすぎて、バランスを崩して転びそうになったりしている。

細身だけれど、程良く鍛《きた》えられた肉体。野生動物みたいに爛々《らんらん》と輝く双眸《そうぼう》と、すこし尖《とが》った歯。途中まで染めたところで誰かに怒られてやめたみたいな、一部分だけ紅《あか》いメッシュの入った黒髪。意外と姿勢はよく、背中に芯《しん》が通っている。

『見合って見合って——いざ尋常に、勝負ッス！』

拳を高々と振りあげて、その男の子は愛嬌《あいきょう》のある笑みを浮かべた。

『さぁさぁ、ついに開戦ッスよ！』

調子よく語りながらも、前のめりになった観客へ迅速《じんそく》に声をかける。

『最前列のお客さんは、危険なのでちょっとだけ下がって！　あと興奮しすぎて、舞台に石とかミカンとかサイリウムとか投げないでほしいッス～！』

実際、かなり汚《きたな》い野次がおおい。このドリフェスは『B1』、非公式の野良試合だというし——エレガントさとは程遠い、野趣《やしゅ》に溢《あふ》れている。

『押忍《おす》！　勝負の世界は男の世界！　神聖にして、侵《おか》すべからず！』

武道家のような礼をして、司会をしている一年生の子はひたすら叫ぶ。

『血湧き肉躍る二匹の雄の意地の張りあいを、とくとご覧《ろう》じろッス～！』

声がうわんうわんと反響して、やっぱり耳が痛い。

『申し遅れたッス！　自分は【龍王戦《りゅうおうせん》】の実況や投票の集計を任された空手部一年、南《な》雲鉄虎《ぐもてとら》ッス！　押忍！』

南雲鉄虎と名乗った司会の男の子は、勢いよく自己紹介をした。

『趣味は筋トレ！　好物はカルビ！　将来の夢は、男のなかの男ッス！』

かなり暑苦しい、むやみに楽しくはあるけれど。

『まぁ、俺のことなんかどうでもいいッスね！　それより、勝負の行方に注目ッス！』

マイクで拡大された音声を振りまきながら、鉄虎くんは熱っぽく騒《さわ》いでいる。

『【龍王戦】はルール上、一瞬で勝負がつく可能性もあるッスよ！　刮目《かつもく》するッス！　汗臭くも尊い、男の生き様を……☆』

「ふむ」

鉄虎くんの説明を聞いていても埒《らち》があかないと思ったのだろう――うるさそうに眉《まゆ》をひそめていた北斗くんが、傍《かたわ》らで調べ物をしていた真くんに呼びかける。

「このドリフェスについての詳細は摑《つか》めたか、遊木《ゆうき》？」

「ん～……『B1』はあんまり情報が出回らないから難儀したけど、だいたい把握《はあく》できたかな？」

スマートフォンを触ってスリープ状態にすると、真《まこと》くんが解説してくれる。

「【龍王戦】は、過去に何度も開催された記録があるよ。わりと伝統のある、野良試合だね。仕切りは代々、空手部とかの武道系の部活がやってるみたい」

夢ノ咲学院アイドル科はほぼ男子校なので、男の子が好きそうな部活動がおおい。

「【龍王戦】の勝者の部活が、次回の【龍王戦】の仕切《しき》りをやる――っていう形式みたい。勝利すると『龍王』の称号《しょうごう》が与えられる、まぁタイトルマッチだね～♪」

ほんとうに、格闘技みたいだ。というか、将棋《しょうぎ》なのだろうか。たまに目を通す新聞に将棋の記事があるので、すこしだけ知っている。龍王——むやみに、強そうではある。

「過去に開催されたものも含《ふく》めて、【龍王戦】はすべてが個人戦。つまり、一対一のドリフェスだね」

個人あるいは『ユニット』で対決する、と北斗くんも言っていた。その『ユニット』というのが何なのかは、私はまだ説明を受けていないからわからないけれど。

団体戦と個人戦、みたいな感じだろうか……。とりあえず、黙って聞いておく。

「テーマをざっくりまとめると、『夢ノ咲学院でいちばん強い男を決定するドリフェス』ってとこかな？」

ちょっと、意味がわからなかった。

質問は後でまとめてしよう、とひとまずメモしている私の疑問を代弁《だいべん》してくれるみたいに——北斗くんが、かなり嫌そうな顔をした。

「ほんとうに、格闘技のタイトルマッチみたいだな……。殴りあいでも、するのか？」

「うん、どうもそうみたい。【龍王戦】の特徴として、『対戦者が歌ったりなどのパフォーマンスをしている間の、直接攻撃がＯＫ』っていうのがある」

冗談めかした北斗くんの問いを、真くんはふつうに肯定《こうてい》してしまった。

「互いに殴ったり蹴《け》ったりして、毎回かるく血の海になるっぽいよ～？」

アイドルって、何だっけ……。それとも私が詳《くわ》しくないだけで、こういうのが『ふつう』

なのだろうか。

カルチャーショックを受けて動揺《どうよう》しているうちに、話が進んでいる。

「それでダウンして、10カウントとられたら負けだってさ。あと失神と、リングアウトでKO負け。荒っぽいね～、うちの学院でいちばん暴力的なドリフェスかも？」

よかった、これが『ふつう』なわけではないらしい。

勝手にドキドキしている私を、真くんが「？」と不思議そうに見ながら語る。

「もちろん、両者ともに最後まで無事にパフォーマンスを終えたら、通常どおり投票によって勝者が決められる。まぁ判定勝ち、ってとこ？」

再びスマートフォンを起動させて、真くんはかるく画面をスクロールさせている。

「過去の【龍王戦】でも数回ほど、判定まで勝負がもつれこんでるね」


「ふむ。『投票の仕組み』について、転校生に説明しておこう」

『ついで』のように、北斗くんが語り始める。説明をするのが好きなのだろう——とりあえず丸呑みで、ひととおり聞いておく。

「転校生には制服や学生証とともに、入学時にサイリウムが配られたはずだ。今も、持参しているか？」

問われて、私はドキッとした。かなりバタバタと教室をでたから、どうだろう——けれどたしかに、それらしいものを担任教師に渡されている。

「そのサイリウムがないと、ドリフェスの客としてカウントされない。常に、持ち歩いておくべきだ」

語っている北斗くんに、私はようやくポケットに入れておいたのを思いだしてそれを取りだす。私のサイリウム——高度な技術でつくられた代物らしく、コンパクトなおおきさに変形するので持ち運びには不便がない。

「ふむ、ちゃんと持ち歩いているようだな。サイリウムの底部を見ろ、そこにダイヤルがあるはずだ」

思考が横道に逸《そ》れていた私に、北斗くんが的確に指示をだしてくれる。たしかに見ると、サイリウムの握りの部分よりすこし下あたりにダイヤルがある。

新品なのでまだ固くて、回すのにかなり握力《あくりょく》がいる。

「そのダイヤルを回すことで、1～10の数字を表示できる。その数字がそのまま、目の前でパフォーマンスをしている個人、あるいは『ユニット』への投票となる」

成《な》る程《ほど》、投票である。私たちドリフェスを観戦するものが審査員となり、点数をつけて、アイドルたちの勝敗を決定する。ほんとうに、このサイリウムは大事なものなのだ。

ぎゅっと、それを握りしめた。

「公式のドリフェスならサイリウムから電波が飛び、機械によって得票数が集計される。だが野良試合——『B1』の場合は、サイリウムの色を目で見て人力で票を数える」

非公式なのだから、その得点の集計システムみたいなものを活用できないのだろう。それは学院側、ドリフェスという制度を運営している公的な機関にしか、用いることができないのだ。

でないと得票数の操作などが簡単にできてしまい、ドリフェスが成立しなくなる。

「投票した点数が1点なら白、2点なら黄色——などのように、サイリウムの発色が変化する仕組みになっているのだ」

「個人が投票できるのは1～10点で、最高点の10点だと虹《にじ》色に光るよ」

北斗くんの説明を、真くんが補足してくれる。

「目の前のお客さんが全員、虹色のサイリウムを輝かせてるのを見るのは僕たちの憧《あこが》れだね～♪」

「パフォーマンスをしている人間にも、サイリウムの色を見ることで……。何となく、自分の得票が把握できるというわけだ」

サイリウムで投票、というのは突飛《とつぴ》だと思ったけれど。意外と理《り》にかなっている、長い歴史のなかで洗練されてきたシステムなのだろう。

見るとそういう係なのか、野鳥の会みたいにサイリウムの発光を計測しているひとたちがいる。こちらも生徒なのだろう、制服姿である。人力、目で見て数えるしかないならばミスなどもありそうだけれど——非公式戦だから、仕方ないのだろう。

「転校生も『何点だと何色に光るか』など、早めに把握しておいたほうがいいぞ」

「サイリウムの色＝投票する点数は、パフォーマンスの途中なら何度でも切りかえることができるよ」

真くんがお手本を見せるみたいに、サイリウムの色を次々と切りかえていく。

まだ日の高い時刻なので周囲が明るくて、光っているかどうかわかりにくいけれど。同時に、サイリウムの色が物理的に変わっている。内部に色紙などが仕込まれているらしく、日中でもあまり問題ないみたいだ。

試しにサイリウムの色を変えてみたりしている私に、真くんが片目を瞑《つむ》った。

「ひとつの個人あるいは『ユニット』の演目が終わって、『集計が完了した』という告知があったら……。いったんサイリウムの目盛りを0にして、色と光を消すのがマナー♪」

「そのあたりを覚えておけば、まぁドリフェスを観戦するにあたって不都合はあるまい。ここまでの説明に何か疑問点はあるか、転校生？」

すっかり家庭教師らしさが板についてきた北斗くんに、私が反応しようとした——。

その、瞬間である。

「たっだいま～☆」

人混みの間を器用にすり抜けて、スバルくんが満面の笑顔でダイブしてきた。慌《あわ》てて、真くんと北斗くんと、私が抱《だ》き留《と》める。いちいち、動きが派手な子である。

「明星《あけほし》。『ただいま』って、どこへ行っていたんだおまえは？」

鬱陶《うっとう》しそうにスバルくんを「ぐいぐい」押し返しながら、北斗くんが怪訝《けげん》そうになる。

「姿が、見えんと思ったら……。あまり、勝手にウロチョロするな」

「ごめんごめん。ドリフェスを観戦してるうちにお昼休みが終わっちゃうかも、って思ってさ。食堂までダッシュして、軽食とか買ってきたよ！」

万歳、と掲げられたスバルくんの両手には、ほかほかと湯気をたてる紙袋がある。なかみは何だろうか、おいしそうなにおいも届く。

「俺はなぜか食堂のひとに『華奢《きゃしゃ》だねぇ、たくさん食べて逞《たくま》しくなりなよ！』って大量に料理もらえるからさ、みんなにもお裾《すそ》分《わ》けするね〜☆」

人数分あるらしい紙袋を、ひとりひとりにキラキラ笑顔で手渡してくれる。言うほど華奢には見えないけれど――何だかそういう好意を与えたくなる人柄だ、スバルくんは。

紙袋を受け取って、ありがとう、とお礼を述《の》べた。

「ふむ。そういえば、俺たちの当初の目的は食堂で飯を食うことだった。空腹ではある、たまには気が利《き》くな明星？」

「あはは、俺自身が腹ペコでさ！　もう、お腹と背中がくっつきそう☆」

褒《ほ》めているのか貶《けな》しているのかわからない北斗くんだけれど、スバルくんは屈託なく笑っている。勢いよくほとんど破るようにして、紙袋からハンバーガーを取りだした。

「みんなも食べて食べてっ、腹《はら》が減っては戦《いくさ》ができないからね！」

そして豪快《ごうかい》に、かぶりつく。たしかに、私もかなりお腹がすいている。

「まぁ、戦うのは俺たちじゃないけど！　さぁて今回は、どんなキラキラした夢が目撃できるのかなっ☆」

思いっきり背伸びして、スバルくんが仮設ステージに視線を向ける。


自動演奏だったらしい歌声と演奏が不意に、途切れる。

演出的な一瞬の無音と、徐々《じょじょ》に広がっていくざわめきのなか――。

『皆さん、準備はＯＫッスね？』

己に注目を集める最適なタイミングで、鉄虎くんが力強く足を踏み鳴らした。

『今回の【龍王戦】は、挑戦者の先攻ッス！』

マイクを握りしめたまま、綺麗《きれい》な正拳突《せいけんづ》きの構え。

そのまま一歩引いて、この【龍王戦】とやらの主役を舞台に迎《むか》え入れる。

『選手入場！　どうか皆さん、盛大な拍手でお出迎えくださいッス！』

その声に促《うなが》されるように、集まっていた生徒たちが一斉に動きを再開する。鉄虎くんを真似るように足を踏み鳴らし、拍手を、歓声を轟《とどろ》かせる。

やっぱり、手慣れている。司会の鉄虎くんも、観客も……。私はというと頭がふらふらしてきて、北斗くんに縋《すが》りついている。

もう勘弁してほしいぐらいだったけれど、鉄虎くんはのりのりで状況を進めるのだ。

『挑戦者！　身長１７４cm、体重58kg！　軽音部の、噛《か》みつき魔《ま》！　夢ノ咲学院アイドル科二年B組、『狂犬』大神晃牙《おおがみこうが》～！』

「おぉ、対戦者の紹介まで格闘技っぽい！」

どんどん元気になっているスバルくんが、目を輝かせて飛《と》び跳《は》ねた。

「いいねいいね、お金を賭《か》けたくなるね！　興奮《こうふん》する～☆」

「女の子は、こういうノリは苦手かもしれんがな」

むやみに手を振り回すスバルくんにビシバシぶたれながらも、平然としている北斗くんが心配そうに私を見てきた。

「転校生、気分が悪くなったら言ってくれ。この人混みだし、貧血《ひんけつ》でも起こされたら困る」

「しかし誰が対戦するのかと思ったら、ガミさんか～？」

心底から楽しそうに、スバルくんはみょうな名称を口にした。

「『BI』は、非公式の野良試合だから。関わっても得はないどころか、生徒会とか教師とかに睨《にら》まれるだけなのにね！」

やっぱり、私にはまだよくわからないことを言っている。非公式戦は、あまり良い顔をされないのか……。そうだろう、何事も無許可はよくない。生徒である以上、校則や教師には従っておくべきなのだ。

「さすが軽音部、無法者すぎる！　がんばれ～、応援するぞガミさ～ん☆」

『うるせぇ！』

唐突に、獣《けもの》の咆吼《ほうこう》じみた荒々しい罵声《ばせい》が響いた。

「あっ、出てきた！　衣装まで本格的～☆　やる気満々だね、ガミさん！」

『うるせぇ、うるせぇ！　外野が、ドンチャン騒いでんじゃね～よ！』

スバルくんにというより、全世界に文句をつけるみたいな反抗的な態度で——。

その男の子は、堂々と大股で舞台上を進んでいる。

『つうか気安く渾名《あだな》で呼びかけてんじゃね～よ明星、ウゼェな！　俺様は、孤高の一匹狼《おおかみ》なんだよ……！』

耳聡《みみざと》くこちらの声を聞き咎《とが》めて、スバルくんにかなり下品な地獄に落ちろ《ゴー・トゥ・ヘル》の仕草。

牙を剝《む》いて、周囲を威嚇している。

そんな粗野《そや》な言動がぴったり馴染《なじ》んでいる、野生動物みたいな男の子だった。気高く滅びゆく灰色狼の瞳、輝きを嫌うようなすこしくすんだ月光色の髪。

自分で言っていたように、狼みたいだ。

着ているのはこの夢ノ咲学院では全員に支給される、共通のアイドル衣装である。

制服の色を濃くしたような深い海色に、入道雲《にゅうどうぐも》みたいな白が鮮《あざ》やかに映える。派手だけれど、爽《さわ》やかなデザイン。それを無理やり服を着せられた動物みたいに、かなり乱暴に着崩している。鍛えられた身体《からだ》の線が、よく見えて目の毒だ。

『学院の規則も、軽音部とかの立場も関係ねぇ！　興味はねぇ、価値もねぇんだ！　俺様が一番ってことは、決まってんだよ！』

先ほどの鉄虎くんの紹介によると、大神晃牙という名前らしい男の子は、獲物《えもの》に襲いかかるような派手な仕草をした。何かに噛みつくみたいに、前のめりで吠《ほ》えている。

『それを、証明するだけだ！　文句があるやつは叩き潰《つぶ》すっ、全員まとめて血の海に沈めてやるよ……！』

態度は横柄で、傲慢《ごうまん》。ほとんど、誰彼構わず喧嘩《けんか》を売っているみたいだ。

『愚民どもの魂に、爪を立ててやる！　引き裂いて噛みちぎって、鮮血を啜《すす》ってやる！』

叫んでいる内容も、物騒《ぶっそう》極まりない。

それでも目が逸らせない、心が高揚《こうよう》してくる——彼もアイドルなのだ。集まった生徒たちの注目を一身に集めて、怯《ひる》まず臆さず、晃牙くんは高らかに宣言した。

『捕食される間際の恍惚感《こうこつかん》を、感謝して堪能《たんのう》しやがれ！　ロックン・ロール！』

同時に、愛おしそうに大事そうに、彼が抱えていたギターを弾き鳴らし始める。攻撃的なサウンド、耳をナイフでぐさぐさ刺されているみたいだ。

けれどそれが、不思議《ふしぎ》と心地いい。

アイドルというより、もはや完全にロックミュージシャンだけれど。演奏しながら同時に歌ってもいて、まさに晃牙くんのオンステージだった。


夢中になっていた私の横で、スバルくんたちが雑談している。

「おぉ、演奏が始まった！　かっこいいなぁ、エレキギター☆」

「あれっ、大神くんってギターだっけ？　何かのドリフェスで、ドラム叩《たた》いてた記憶があるんだけど？」

「ガミさんは、基本エレキだよ～？」

真くんの問いに答えつつ、どうも晃牙くんと仲良しらしいスバルくんは――親しみをこめて、舞台を見つめている。

「あははっ、相変わらず聞くひとのことを何も考えてない独《ひと》り善《よ》がりの演奏っ！　噛みつくような、重低音！　痺《しび》れちゃうよね～☆」

真くんが、すぐネットで調べる現代っ子らしくスマートフォンを弄《いじ》っている。

「ん～……調べたら、軽音部って四人いるのにギターとベースだけなんだね。自由奔放に、個人個人がやりたいことをやってる感じ？」

「あそこはほら、部長さんが放任主義だから。軽音部で『ユニット』組んでるわけじゃないしね～、担当楽器がかぶってても大丈夫なんじゃない？」

「部活では各々《おのおの》が好きな楽器を練習して、それを活《い》かすのは個人か『ユニット』かって感じなのかな？」

「おまえら、専門用語で会話するな」

北斗くんが呆《あき》れ顔で、説明してくれる。

「あらためて、転校生に『ユニット』について解説しておこう」

また家庭教師の先生による授業が始まる、と私は慌ててメモ帳を用意した。

「俺たち夢ノ咲学院アイドル科の生徒は、だいたい二人〜五人ぐらいの小規模な集団＝『ユニット』を結成することができる。文字どおり、平常どおりの意味でのアイドルユニットだ。ドリフェスには個人か、あるいはこの『ユニット』単位かで参加できる」

ふむふむ。

「『ユニット』は学院に申請《しんせい》し、許諾《きょだく》を得られれば結成できる。結成も解散も、脱退も新規加入も……。そのたびに申請する手間はあるが、ある程度は自由だ」

気のあう仲間と結成するバンド、みたいなものなのだろうか。アイドルたちの学《まな》び舎《や》では、そんな気楽なものではなく——重要な集まりなんだろうけれど。

「『ユニット』のみ、というように参加条件が限定されるドリフェスもある。完全に、ソロ活動のみに注力しているものもいるが。何かと便利なので、『ユニット』を結成するのが大半だな」

「学院から『ユニット』へ、ドリフェスでの成績とかに応じて活動資金とか本拠地《ほんきょち》とかも提供されるしね。行動に幅ができるんだよ、結成しといて損《そん》はない感じ〜♪」

真くんも会話に乗ってきて、かゆいところに手が届く感じで補足してくれる。

「『ユニット』ごとに、ファンクラブがあったりするし。有名どころの『ユニット』は、一般書店で写真集が売られてたりするんだよ？」

そんな有名人たちと机を並べて学べる私は、ひとに羨《うらや》まれる立場なのだろう。

「もちろん。人間関係ギスギスしたりとかで、酷《ひど》いことになっちゃう『ユニット』もあるけどね〜？」

「補足として。夢ノ咲学院には委員会や部活動もあるが、『ユニット』とは区別される」

なぜか真くんが説明していると、負《ま》けじと追加の情報をくれる北斗くんである。

「委員会は、学院における教師などの仕事を代行する立場。部活動は単なる趣味の集まり、同好の士がゆるく繋《つな》がっただけのサークルだな」

やっぱり何事においても、アイドル活動が最優先らしい。そうだろう――アイドルをやりながら学生もやるのだから、私にはまだ想像もつかない苦労があるはずだ。

「だが『ユニット』は、一蓮托生《いちれんたくしょう》の仲間だ。『ユニット』への評価は、そのまま個人への評価……。つまり学院での成績や世間的なアイドルとしての評判にも、反映される。この夢ノ咲学院での修羅《しゅら》場《ば》を乗り越えるため、手を取りあって支えあう、かけがえのない同胞といえる」

北斗くんは真剣に、左右で楽しそうにしているスバルくんと真くんをいちどずつ見つめた。それから、ふたりまとめて抱きしめるように肩を寄《よ》せる。

「俺たち三人も、『Trickstar《トリックスター》』という『ユニット』を結成している」

トリックスター……聞き慣れない、けれど楽しげな語感である。

このときは、その程度の感想だった。いずれ私にとって無視できなくなる、大事な――『Trickstar』の名前を、私は喧噪《けんそう》のなかで初めて聞いたのだった。

たいした感慨もなく、もののついでというように。

私はこの時点ではまだどこかお客さん気分で、他人事《ひとごと》で、彼らがどんな覚悟で私に付き添ってくれているのか——それを考えもしないぐらいに、油断していたのだ。

「どうか、覚えていてくれ。そして可能なら、俺たち『Trickstar』に祝福をもたらす女神となってほしい」

北斗くんは、切腹でもするみたいに深々と頭をさげてきた。

不思議なことを言われた気がしたけれど、どういう意味かと問い返すいとまもなくて。

「どうかよろしく頼む、転校生」

「『Trickstar』にはもうひとり、メンバーがいるけどね。『魔法使い』の、サリ～☆」

スバルくんが横ピースをしながら、みょうなことを言い始める。

「あいつも早く転校生に紹介したいなぁ、別のクラスだとこういうとき不便だよね？」

「衣更も、びみょうな立場だしな。俺たちの活動に、無理して付きあわせるわけにもいかないだろう」

北斗くんが、すこし申し訳なさそうに相づちを打っている。

「衣更がいない間は、転校生がその穴を埋《う》めてくれると助かるのだが」

「氷鷹《ひだか》くんは、次から次へと……。『そういうの』が、重荷になるひともいるんだからさ」

真くんが一瞬だけ冷然と、人形みたいな無表情になっていた。

それを見て背筋を寒くさせる私に、彼は怖いぐらいにこやかに微笑んでくれた。

「まずは気楽に夢ノ咲学院に慣れ親しんでね、転校生ちゃん♪」

ゆっくりと、すこしずつ——私は深みにはまっていく。

底なし沼のような、因縁《いんねん》と悲喜劇《ひきげき》が渦巻《うずま》く青春のなかへと。

✦

ライブを眺《なが》めつつ説明を聞きつつ、ようやくすこしだけ雰囲気に慣れてきた私は——先ほどスバルくんが買ってきてくれた軽食を、もぐもぐと食べていた。

ファストフード店で売っているものよりもっと上等なハンバーガーと、分厚《ぶあつ》いステーキの添え物になるみたいな本格的なポテトフライ。おいしいけれど、かなり重たい。

指や口元がべとべとしたので、何でも持っている北斗くんがくれたウェットティッシュで拭《ぬぐ》う。お腹が満たされて、人心地《ひとごこち》ついた。

「大変ッス〜！」

ほっとした矢先、背後から引っぱたかれるような大声が響いて私は噎《む》せる。

咳《せ》きこみながら振り向くと、そこに先ほど舞台上で司会をやっていた一年生——鉄虎くんがいて、周囲をきょろきょろしながら駆け回っていた。

「大変大変、大変ッスよ〜！」

「むっ、変態がどうした。うちの部長が、また何かやらかしたのか？」

「『変態』じゃなくて、『大変』ッスよ！　押忍！　ちょっとお尋《たず》ねしたいんスけど、うちの大将を見なかったッスか？」

「ふむ、いきなり聞かれても面食らうが……？」

よくわからない反応をした北斗くんに、鉄虎くんは縋るように駆け寄ってきた。涙目になっている——北斗くんは、すこし哀《あわ》れに思ったのか親身に接した。

「順を追って説明しろ、『大将』とは誰のことだ？　なぜ、その『大将』とやらを捜している？」

事務的というか機械的な反応だけれど、そういう性格なのだろう。

「俺に手伝えることがあるなら、協力する。まずは、事情を詳《つまび》らかにしてほしい」

みんなが食べ終えた軽食の包みなどを回収し、ひとまとめにしたビニール袋の口を「きゅっ」と結びながら、北斗くんはテキパキと対応する。

「おまえ、たしかこのドリフェス……【龍王戦】の実況をしていたな。こんなところで、油を売っている暇《ひま》はないはずだが？」

「えっ、ええっと？　そんな矢継《やつ》ぎ早《ばや》に聞かれても困るッス、難しい話は苦手ッスよ！」

鉄虎くんは意外と丁寧に応対されて逆に戸惑《とまど》ったのか、ぴんと背筋をのばした。直立不動で、まだ軍隊に慣れていない新兵みたいにぎこちなく敬礼している。

「えっとですね、『大将』ってのはうちの部長のことなんスけど。この【龍王戦】で、軽音部の大神先輩と対決するはずだったんス！　でもでも、なぜか行方不明なんスよ！」

そういえば、晃牙くんは挑戦者と表現されていた。格闘技みたいな流儀ならば、それを迎え撃つ王者がいるはずだ。なのに先ほどから、晃牙くんはひとりで演奏をしている。

どうも、ただならぬ事態が進行中のようだった。

「それは、大変だな」

北斗くんもやや気色《けしき》ばんで、思案げに腕組みをする。

「おまえは、空手部だったか。空手部の部長というと、たしか……？」

「押忍！　鬼龍紅郎《きりゅうくろう》先輩ッス！　俺の憧れの大将ッス、尊敬してるッス！」

どうでもいい情報まで付加する、鉄虎くんだった。ほんとうに、その鬼龍紅郎というひとを敬愛《けいあい》しているのだろう。語る口調も、かなり熱っぽい。

「鬼龍さんなら、さっき見かけたよ～？」

興味深そうに成りゆきを眺めていたスバルくんが、「ぴょこん」と手を挙《あ》げる。

「食堂でね！　ふつうに食券を買って、ナポリタンとか食べてたけど？」

その言葉に、鉄虎くんは「がび～ん」と擬音《ぎおん》が見えそうなぐらい、わかりやすくショックを受けていた。

「何でッスか!?　どうして普通にランチタイムに入ってるッスか～、これから出番なんスよ！　自由すぎるッスよ大将、まじパねぇ～ッス！」

むしろ褒めているみたいだけれど、鉄虎くんは男泣きに泣きながら嘆いた。

「大将～！　【龍王戦】は我ら空手部が代々、優勝旗を受け継いできた伝統あるドリフェスなんスよ！　それを『お昼ご飯食べてて』みたいなアホな理由で、むざむざ他のやつに奪われるのは納得できないッス！　ありえないッスよ！」

オーマイガッ、と頭を抱えてその場に頽れる鉄虎くんの――。

その後ろに、いつの間にか誰かが立っていた。


「何を騒いでんだ、鉄」

お腹の奥まで響く、重厚《じゅうこう》な声音《こわね》。私は思わず、喉《のど》の奥で「ひっ」と悲鳴を漏《も》らした。

登場したのは、威圧感のある――見るからに恐ろしげな面相《めんそう》の人物だった。

夢ノ咲学院の制服を着ているから、ぎりぎり生徒に見える。けれどアイドルらしさどころか、学生らしさすらない。筋骨隆々《きんこつりゅうりゅう》とした、巨体である。

三白眼《さんぱくがん》ぎみの、切れ長の双眸。紅蓮《ぐれん》の炎《ほのお》じみた髪を、後ろに撫《な》でつけている。私など踏みつぶされそうというか、頭からバリバリ食べられてしまいそうだ。

「あっ、大将！　チィ〜ッス☆　えっと、お昼ご飯は食べ終わったんスか？」

鉄虎くんが目を輝《かがや》かせて、過剰に礼儀正しくお辞儀《じぎ》する。けれどすぐに状況を思いだしたようで、慌てて彼――鬼龍紅郎さんなのだろう、その肩のあたりを引っぱった。

「まぁいいッス、とりあえず着替えて！　舞台に、あがってほしいッス！」

しかし鉄虎くんは全力で動かそうとしているのに、紅郎さんは小揺《こゆ》るぎもしていない。

地面に根を張った大樹みたいに動じずに、「…………？」と小首を傾げている。

「あれっ、何で意外そうな顔をするんスか!?　大将が戦うんスよ、大将が空手部の代表なんスよ！　大将こそが、最強の男ッスよ〜！」

あきらかにキョトンとしている紅郎さんに、鉄虎くんが全力でまくしたてる。

「【龍王戦】は対戦者がパフォーマンスしてるところを攻撃して、舞台から叩き落とすのがメインみたいなところがあるッスから！　その【龍王戦】独自のルールを利用しないのは、もったいないッス！」

鉄虎くんは「くうっ」と目元を擦《こす》って、なぜか感動している。

「正々堂々と、パフォーマンスのみで勝負したい……。そんな大将の気持ちも、俺にはわかるッスけどねっ？」

そういう好意的な解釈をしたらしいけれど、紅郎さんは相変わらず惚《とぼ》けた態度だった。

「いや、悪ぃ……。単純に、【龍王戦】のことをド忘れしてたんだが」

「まじッスか!?　うっかりでは済まないッスよ、しっかりしてください大将！」

あんまりにもあんまりな反応にもめげずに、鉄虎くんは今度は頭から全身を押しつけるようにして、紅郎さんを舞台のほうへ導こうとする。

相変わらず、まるで紅郎さんは揺るがないけれど。とくにちからをいれて踏ん張ってるようでもないのに、山のように動かない。体重差のためだろうか——それとも空手部だという紅郎さんが何らかの技術で、鉄虎くんの勢いを受け流しているのだろうか。

「さぁさぁ、今からでもいいから舞台にあがって！　あの軽音部の『狂犬』に、空手部の誇りを見せつけてほしいッス！　あんな不健康なロックンロール野郎、大将の空手パンチで一発ッスよ☆」

どうにか紅郎さんにやる気をださせようとしている、鉄虎くんである。そんなかわいい後輩に、紅郎さんは何か思うところがあったのだろう、重々しく頷《うなず》いた。

「鉄」

「押忍！」

「暴力では、何も解決しねぇぞ」

「えええ!? 今さら、そんなこと言われてもっ？ いいんスよ暴力もっ、それが【龍王戦】のルールなんスから〜！」

まったく嚙みあっていない会話をする、賑《にぎ》やかなふたりだった。

このあたりの遣《や》り取りで、だいぶ私は紅郎さんに対しての警戒心がほどけていた。何だか、意外といいひとかもしれない……。ひとは、見かけによらない。

空手部のふたりが騒がしくしているためだいぶ目立ったのだろう、舞台上で激しく演奏をしていた晃牙くんが気づいて、呼びかけてくる。

『おいおい、トラブル発生かよ？』

小馬鹿にするように、せせら笑っている。

『情けね〜な、戦う前から負け戦みたいな空気を醸《かも》しだしてんじゃね〜よ！ それとも何か、俺様の威圧感《いあつかん》にブルっちまったのかよ？ 猿山の、大将さんよ！』

「あっ、馬鹿にされてるッス！ どうするんスか大将っ、完全に舐《な》められてるッスよ！」

さすがにカチンときたらしく、鉄虎くんが玩具を親にねだる駄々《だだ》っ子のように紅郎さんの服を「ぐいぐい」と引っぱった。

「何か言い返してやりましょうよ、大将〜！」

「うるせぇ。大声をだしたら、演奏の邪魔になるだろうが」

「ええぇ!?　何でそういうところは『きちん』としてるんスか大将っ、いいんスよ【龍王戦】は妨害OKなんスから！　って、何回言わせるんスか〜!?」

「武道は、礼に始まり礼に終わる」

「いやいやっ？　今はそういうのは横に置いといてほしいッス、これは武道じゃなくて喧嘩ッスよ！」

ことごとくボケる紅郎さんに、もはや半泣きの鉄虎くんは必死になって吠えた。

「顔面に唾《つば》を吐《は》かれたのにお辞儀してたら、ただのアホっすよ大将〜!?」


『はんっ、ビビっちまったのかよ？』

気が抜ける遣り取りをする空手部のふたりを、晃牙くんが嘲笑《ちょうしょう》している。喋っている間はさすがに歌は途切れたけれど、演奏は変わらずつづけているのが律儀《りちぎ》である。

見守る生徒たちも余興《よきょう》の一環だと思ったのだろう、同じ調子で盛りあがっている。

『夢ノ咲学院最強もたいしたことね〜な、歯ごたえがなくてつまんね〜ぞ！』

格闘技のマイクパフォーマンスみたいに、晃牙くんは挑発《ちょうはつ》をつづける。

『それとも、何か？　武道ってのは、あれこれ言い訳して戦いを避《さ》けるための方便《ほうべん》なのかよ！　もっと、俺様を楽しませてみろ！　血を滾《たぎ》らせてくれよ、近ごろ首輪をつけられたみたいに窮屈《きゅうくつ》でストレス溜まってんだよ！』

懇願《こんがん》するみたいに、晃牙くんは掻《か》きむしるようにギターをかき鳴らした。

『頼むから！　俺様の鬱屈《うっくつ》を、ぜんぶ吹き飛ばすようなハイテンションな闘争《とうそう》をさせてくれよ！　期待してんだぜ！　夢ノ咲学院最強、鬼龍紅郎！』

「……上級生を、呼び捨てか」

最強、などと物騒な表現をされた紅郎さんは、やはり威圧的な雰囲気に反《はん》して穏《おだ》やかな様子である。晃牙くんの挑発をそよ風のように受け流し、泰然自若《たいぜんじじゃく》としている。

けれど鉄虎くんが悔《くや》しそうにしているのを見て、紅郎さんは困ったように眉をひそめてから、すこしだけ言い返した。

「教育がなってねぇな、軽音部の『狂犬』は」

『はんっ、他人の顔色うかがってペコペコ頭さげんのは性《しょう》にあわね～んだよ！　腑抜《ふぬ》けども、何が空手だ！　武道だ！　ガッカリさせんじゃね～よ！』

「きゃんきゃん吠えるな、犬っコロ」

うるさかったのだろう、ぞんざいに耳をほじりながら紅郎さんはようやく動いた。ゆっくりと一歩一歩、舞台へ向かっていく。その全身に、闘志というか殺気というか、これまで私が間近から浴びたことのない荒々しい気配が充満《じゅうまん》し始める。

「俺を悪《あ》し様《ざま》に罵《ののし》るのは、いい。だが武道を侮辱《ぶじょく》する礼儀知らずは、生きては帰さねぇぞ」

凶悪なことを言いながら、紅郎さんはそのまま悠々と闊歩《かっぽ》していく。

「腹ごなしに、遊んでやろう」

「おぉ……☆　ついに大将が最前線に特攻《とっこう》ッスね、勉強させてもらうッス！」

舎弟のように、鉄虎くんが嬉しそうにそんな紅郎さんについていく。何だか親子じみている、犬だったら尻尾《しっぽ》を振っている。

そんな愛くるしい一年生に、紅郎さんは肩越しに振り向いて呼びかける。

「鉄」

「押忍！」

「その前に、ハンカチか何か持ってねぇか」

真顔で、紅郎さんはろくでもないことを言い始めた。

「ナポリタンで、口元が汚れてるんだよ。こんなみっともねぇ顔で、舞台に立つわけにはいかねぇ」

「ええぇ!?　だから何で『きちん』としてるんスか〜っ、いいんスよそんなのは！　むしろナポリタンの赤色が返り血みたいで、かっけ〜ッスから！」

実際、紅郎さんは口元がすこし汚れていた。

食堂でナポリタンを食べていて、後輩の、鉄虎くんの悲鳴じみた声を聞いて慌てて飛びだしてきたのだろう。

鉄虎くんが、心酔《しんすい》するのもわかる。不思議な懐《ふところ》の広さ、頼もしさ、侠気《おとこぎ》のあるひとだった。

鉄虎くんは素早く先行して立ち並ぶ観客たちを「失礼するッス！」などと言いながら押し分け、舞台への最短ルートを進んでいく。

「それより、急いで！　早くしないと、対戦者のパフォーマンスが終わっちゃうッスよ！　妨害OKのルールを活用できないまま、みすみす勝機を逃しちゃうッス〜！」

「たしかに楽器の演奏だけなら、大神は夢ノ咲学院でもトップクラスの腕前だ。妨害《ぼうがい》なしの真っ当なパフォーマンス勝負では、いかに上級生といえど分が悪いだろうな」

置いてきぼりの私たちのなか、北斗くんだけが冷静に状況を分析している。そして何でも持っている彼が、懐から高級そうなハンカチを取りだして、進みゆく紅郎さんに投げようとしたのだろう——高く掲《かか》げて旗みたいに振り回した。

「先輩、よければ俺のハンカチを……むっ？」

「気遣《きづか》い、無用」

紅郎さんは微笑むと、どこからかハンカチを取りだして口元を拭った。

「その嬢《じょう》ちゃんが、ハンカチを貸してくれた」

「おぉ、転校生。気が利くな」

感心するように言ってくる北斗くんに、私は頷いた。

ウェットティッシュは使いきってしまったのだけれど、まだすこし汚れが気になって、ハンカチを取りだしていたのだ。それをナポリタンで口元を汚していた紅郎さんに——よかったらどうぞ、と差しだしていた。

黙って話を聞いているだけではなかったのだ、私も。

役に立てたなら、嬉しい。満足して笑っていると、北斗くんが「そういうところは、ちょっと女の子っぽいな……？」などと言いながら、自分のハンカチを渋々《しぶしぶ》としまった。

「あはは☆　ホッケ～、自分の仕事をとられたから『しょんぼり』してる～？」

いらないことを言うスバルくんを、北斗くんが八つ当たりぎみに肘で小突いた。

そんなことをしている間にも、紅郎さんはどんどん舞台へと歩を進めている。

「恩に着る。このハンカチは、後ほど洗って返そう。顔や衣装が返り血で汚れるかもしれねぇから、しばらく借りとくぞ」

恐ろしいことを言っている……。安物なので、あげてしまってもいいのだけれど。血で汚れたりしたものを返されても、困る。

「それよりも、大将！　大急ぎで着替えるッスよ、お手伝いするッス！」

「おう。いつも苦労をかけるな、鉄」

「それは言わない約束ッスよ、大将！　さぁ軽音部、首を洗って待ってるッスよ～！」

鉄虎くんに先導されて、紅郎さんも楽しくなってきたのか笑みを浮かべる。すぐに舞台へ辿《たど》りつき、驚《おどろ》くほどの敏捷《びんしょう》さで舞台に躍りあがった。

高い位置に立ったので、ますます巨体が強調されてよく目立つ。きちんと口元を拭い、ハンカチを折りたたんでポケットにしまうと、紅郎さんは堂々と仁王立ちした。


呑気《のんき》な対戦相手を、むしろ全力で出迎えるみたいに晃牙くんが歯を剝《む》いて笑った。

『はんっ、ようやくのお出ましかよ！　このまま尻尾を丸めて逃げるんじゃねぇ～かって、むしろ冷や冷やしたぜぇ？』

まるっきりチンピラみたいに、晃牙くんが紅郎さんに顔を近づけて威嚇《いかく》する。

『時間切れで勝っても、つまらねぇ～からな！　俺様には、もっと価値のある勝利こそが相応《ふさわ》しい……って、うおっ⁉』

『避《よ》けたか』

いつの間にかヘッドセットをつけていた紅郎さんの声は、マイクで拡大されてこちらまで届く。しかし今——いったい、何が起きたのだろう？

『口だけじゃねぇな、小僧《こぞう》』

私には目視できなかったけれど、どうも紅郎さんが不用意に近づいてきた晃牙くんに何かをしたらしい。それに反応して、晃牙くんはおおきく飛びすさっていた。

すこし意外そうに目を丸くした紅郎さんを、晃牙くんは歯軋《はぎし》りしながら睨んでいる。床に手をつけて獣みたいに着地し、舞台上を滑って、さらに距離をとる。

全身で警戒しながら、晃牙くんは緊張感を高めている。

(チィ!? 何なんだよ、この野郎！)

内心で、晃牙くんは見た目よりも怖気《おぞけ》立っていた。

(まったく殺気を感じなかったぞ、散歩するようなノリで蹴りをくれてきやがった！ 咄嗟《とっさ》に避けてなかったら、今の一撃で終わってた……!?)

舌打ちし、情けない姿勢になっていることを恥じて、迅速《じんそく》に立ちあがる。ギターを武器のように構え、すこしの距離をあけて立つ紅郎さんに吠えかかる。

『でもなぁ、手ぇ抜いてんじゃね〜よ！ 殺すつもりで、こいよ！』

そして再び、演奏を開始する。荒々しい音色が、突然の活劇《かつげき》についていけずに反応できていなかった生徒たちをまた盛りあげる。サイリウムが振られて、すべてが沸《わ》き立つ。

そうだ、今は晃牙くんの手番である。直情径行《ちょくじょうけいこう》に見えて、彼もいちぶは冷静というか
——己のやるべきことを、弁えている。

『この程度じゃあ、俺様の演奏は乱れねぇぞ！』

この【龍王戦】は妨害ＯＫ、ということである。晃牙くんは演奏をし、得票を集める必要がある。紅郎さんはルールに則《のっと》り不意打ちで妨害を仕掛けたけれど、むしろそれをパフォーマンスの一環《いっかん》のように取りこみ、刺激にして、晃牙くんはさらにテンションをあげて演奏と歌をばらまいていた。

独りで演奏していた先ほどよりも、むしろ楽しそうですらあった。

『……大味な上段蹴り一発で片付けようとした、俺が甘かったか』

　紅郎さんも感心しながら、肩の関節をバキボキと鳴らしている。準備運動のつもりか何度か屈伸《くっしん》して、うっそりと身構える。

『仕方ねぇな、きちんと丁寧に段階を踏んでやる。できれば、早く終わらせたいがな……。鉄の悲鳴《ひめい》が聞こえたから、完食する前に慌てて食堂を飛びだしてきたんだよ』

『早く、食事に戻りてぇんだ。昼休みが終わるまでに、決着をつけてやる』

　先ほどからやる気がなさそうなのは、もしかして腹ペコだからなのか。

『くはは！　いいねぇ、痺れるねぇ！　猿山の、大将さんよ！』

『犬の相手には、猿が相応しかろう』

　先ほども聞いた挑発に軽口を返して、紅郎さんは瞬時に――それまでの温和な態度をかなぐり捨てた。殺伐《さつばつ》とした、触れれば炸裂《さくれつ》する火薬庫みたいに危険な雰囲気になる。

　紅郎さんは、ただ空手の構えをとっただけだ。それだけで、武器を――本物の日本刀を抜いたみたいに緊迫感が増した。私は遠巻きに見守りながらも、息を吞む。

『……小僧、てめぇは調子に乗りすぎだ』

　ほんとうに殺しあいでも始まるのではないか、と思ってしまった。

『今すぐ、その減らず口を叩けないようにしてやる』

『はんっ、望むところってやつだ！　楽しませてくれよ、最強さんよ……！』

　晃牙くんもまるで怯まずに、真っ向から受けて立つ。最高潮の歓声が、足を踏み鳴らす音が、囂々《ごうごう》と響き渡る。

『ぜぇっ、はぁっ！』

どうも紅郎さんを先導しようとしていたのにできなくて、人波をかき分けきれずに出遅れていたらしい鉄虎くんが――ようやく舞台上に戻り、おおきく一礼した。

『えぇっと、すんません息があがっちゃいましたが！　ここで、王者の紹介ッス！　我らが空手部の大将、鬼龍紅郎……☆』

ようやく言えた、というように鉄虎くんは感無量なのか身を震わせている。拳《こぶし》を振りあげて、公平であるべき司会としてはどうかと思うほど紅郎さんを褒《ほ》めちぎる。

『身にまとうのは学院支給の共通アイドル衣装ですが、大将が着ればそれは男の勝負服！さながら特攻服ッスよ～、超かっこいい☆』

言われてみて初めて気づいたけれど、いつの間にか紅郎さんは着替えている。舞台へ移動する道すがら、鉄虎くんが着付けたりしていたのだろう。人混みにまぎれて、ほとんど見えなかったけれど――早着替えだ、そのあたりはアイドルらしい。

晃牙くんも着ている、お揃いの共通アイドル衣装。それを馴染ませるように腕を振り肩を回して、紅郎さんは歓声に応《こた》えるため、設置されたライトに足をかけて手を振った。

私も思わず手を振ってしまい、紅郎さんが気づいて目配《めくば》せをしてくれた。すこし嬉しい
――ほんとうに、ルールはおかしいけれどアイドルのライブなのだ。

『身長１８０cm、体重65kg！　格闘家としては細身ッスけど、目方どおりの強さじゃない

ッスよ大将は！』

たしかに、身長から考えると軽すぎる気がする。私があまり男のひとを見慣れていないせいで、余計に巨大で怖く思えてしまったのだろう。

などと考えているうちにも、鉄虎くんは元気いっぱいに騒いでいる。

『さぁ役者は出揃い、本格的に【龍王戦】が火ぶたを切る——これより、瞬《まばた》きを禁じるッス！　勝負の結果は、刹那《せつな》のうちに！』

すこしだけ、引っかかることを口にしながら。

『また生徒会が水を差しにくるまでは、皆さんも全力で盛りあがって楽しみましょう♪』

そこから先は完全に格闘技というか、バトル漫画であった。

派手に、過激に、ふたりのアイドルが真っ向から殴りあい、舞台上を飛び交う。誰もそんな頭のおかしい光景に突っこまないどころか、盛りあがりが最高潮で、戸惑っている私のほうが変なのではないかと疑わせる。

『くかかっ、楽しくなってきやがったぜ～！　こん畜生《ちくしょう》！』

常識が揺らいで目眩《めまい》までしてきた私の心情など置き去りにして、とことん楽しそうに晃牙くんが吠えている。さすがに演奏がやや乱れて、不協和音が響く。彼が弾いているのはエレキギターだ、有線なので——動きが限定される。

そこを紅郎さんに襲われ、さすがに捌《さば》ききれなくなっている。

本来ならばパフォーマンスちゅうに攻撃を仕掛けるなんて言語道断《ごんごどうだん》、下手すれば警察沙汰だけれど……。それが【龍王戦】、このドリフェスの基本仕様なのだ。

『どうしたどうした、ツンツン頭！　学院最強ってのが伊達《だて》じゃねぇってとこ、この俺様に見せてくれよ！　こっちは、まだまだ元気いっぱいだぜぇ……！』

『煽《あお》るのだけは、一丁前だな。まぁ、楽しそうで何よりだが』

冷や汗をかきながらも牙を剝き威嚇し、まだまだ元気な晃牙くんを、紅郎さんは呆れたような感心したような表情で眺めている。

『俺は、楽しくねぇよ。そんなに、暴力は好きじゃねぇんだ。身に降る火の粉を払いつづけていたら、いつの間にか抜けだせない深みに嵌《は》まっていただけだよ』

ポケットに手を突っこんだまま、気怠《けだる》げに。

『鉄や、おまえのような子供を、暴力の底無し沼に引きずりこみたくなかったんだけどな。そうも言ってられねぇか、もうじき曲も終わる』

鬼気《きき》が、紅郎さんの巨体に充満する。

遠くから眺めているだけの私まで、息が詰まった。

『手加減するのも、失礼だろう——誠心誠意、礼を尽《つ》くそう。食事の途中だったから、両手を汚したくなくてな。手技を、封印してたんだがよ』

紅郎さんはようやく、ポケットから手をだすと身構えた。

本気だ。このひとたち、完全にこの馬鹿げた争いに夢中になっている。

『どうも、かるく蹴っ飛ばすだけでは追い払えねぇようだ。この、犬っコロは』

『はんっ、御託《ごたく》はいいから本気でこいよ！　ていうか封印って何なんだよ、俺はまだ本気だしてないだけ〜ってか？　思春期かこの野郎、中二病か！』

晃牙くんはむしろ大喜びして、不思議なことをまくしたてている。

『そんな痛々しいのは、うちの軽音部の吸血鬼ヤロ〜だけで充分だぜ！　格好いいところを見せてくれよ、勇ましいのは名前だけかよ？　おうおうおう！』

『吠えてんじゃねぇよ。歌と、演奏に集中しろ』

格闘技の呼吸法——息吹《いぶき》というのを用いているのだろう、紅郎さんの声が張り詰める。カンフー映画みたいに、手招き。その無表情が崩れて、恐ろしげな笑みになる。

『次はかわいい後輩ばかり矢面《やおもて》に立たせず、自分が出てこい、と朔間《さくま》に伝えておけ。あいつとなら、楽しい果たしあいができそうだ』

『あ!?　俺様じゃ力不足だっていうのかよ、そいつはどうも失礼しましたねぇええええ！　ぶっ殺すぞ、テメ〜！』

何が逆鱗《げきりん》に触れたのか、晃牙くんは地団駄《じだんだ》を踏んで激昂《げきこう》した。勢いよくギターを舞台の床に叩きつけそうになり、慌てて自制する。いまだ演奏ちゅうなのだ、実際。

『つうか、吸血鬼ヤロ～の話はすんな！　戦ってるのは俺様だろうが、俺様を見ろよ！　あぁもう、不愉快すぎて全身の毛が逆立っちまう～！』

『最初に朔間の話をだしたのは、てめぇだろう』

虫の大群にでも襲われたみたいに身悶《みもだ》えして嫌がる晃牙くんに、紅郎さんは大股で近づいていく。散歩するみたいな、何気ない仕草だったけれど。

『まぁいい。宴もたけなわ、区切りをつけようじゃねぇか』

そんなに素早く動いているように見えないのに、足運びが上手なのだろうか……。刹那のうちに、瞬間移動するみたいに、紅郎さんが晃牙くんの目の前に立っている。

『敗北するよりは、卑怯者《ひきょうもの》と呼ばれたほうがいい。……技術を、使わせてもらう』

『おわっ⁉』

さすがにギョッとして、晃牙くんが仰《の》け反《ぞ》った。ブリッジみたいに上体を反《そ》らし、足のちからだけで踏ん張る。それでも演奏をやめない彼の腹筋ぎりぎりのあたりを掠《かす》めて――紅郎さんの破城槌《はじょうつい》じみた前蹴りが、通過していた。

晃牙くんの身にまとうアイドル衣装が、風圧だけで引き裂かれて宙を舞った。

『おぉっと！　ここで大将、猛然と攻め立てる！』

ひたすら観客めいて嬉しそうに成りゆきを見守っていた鉄虎くんが、自分の仕事を思いだしたのだろう――マイクを握りしめて、快哉《かいさい》を叫んだ。

『これは珍《めずら》しい、正中線五段突き！　一撃必殺を、五連発ッスよ～☆』

私にはほぼ何がなんだか目で追えないぐらいなのだけれど、鉄虎くんにはきちんと視認できているらしい。舞台上、アクション映画のスタントみたいに奔放に動き回る紅郎さんと晃牙くんの状況を――実況してくれる。

映画とちがってカメラマンもいない、ほとんど何も見えない。現実は不親切だ――紅郎さんの姿がぼやけたかと思ったら、晃牙くんがそれに対応して派手に動く。そのたびに衣装の切れ端が、汗が、滴《したた》り落ちた血が演出的に躍る。

『それでも野生の勘でからくも避ける、大神先輩！　なかなかどうして、敏捷性は常人離《じょうじんばな》れしてるッスね～！』

『終わりだ。型に嵌めてやる、小僧』

完全に格闘技の試合になってきた現状のなか、紅郎さんがいったん停止。かと思ったら身を屈め、床すれすれを低空飛行するみたいに滑《すべ》っていく。

巨体が一瞬で屈んだので、晃牙くんはほんのわずかな時間だろうけれど紅郎さんを見失ったらしい。啞然《あぜん》とする彼の顔面に衝撃が弾け、勢いのまま晃牙くんは後ずさる。

酔っ払ったみたいにふらふらと、晃牙くんは転倒しそうになった。

『おぉ、目にも留まらぬ高速ジャブ！　もといい威力のない手打ちですが、大将にかかれば流星拳ッス！　それを嫌がって大神先輩、逃げる逃げる！』

『逃げてね～よ！　両手がギターで塞《ふさ》がってるから受けられね～んだよボケッ、ていうかさっきから喧《やかま》しいぞ一年坊主が！』

鼻血が垂れたのを肩で拭って、晃牙くんが鉄虎くんに文句をつけた。

しかし、それが彼にとって最大の失策であった。

『隙だらけだぞ』

『うお……っと⁉』

床すれすれを縦横無尽に動く紅郎さんの丸太のごとき脚が、横薙《よこな》ぎに滑空《かっくう》する。自ら跳躍したように、晃牙くんが派手に舞い上がった。

『ここで、足払い！　大神先輩、宙に浮いた～！』

興奮の絶頂に達した鉄虎くんの声が響くなか、晃牙くんは空中を錐揉《きりも》み回転している。

『おおう、やべっ⁉』

『ギターを、しっかり抱きしめていろ』

かろうじて防御のためにか身を丸めた晃牙くんに肉薄し、紅郎さんは勢いよく全身でタックル。紅郎さんの巨体、その体重と勢いのすべてが晃牙くんの全身に叩きつけられる。

『ごふっ⁉』

『ここで大将の美技、体当《たいあ》てが炸裂《さくれつ》ッス！　全身を鈍器にして、運動エネルギーのすべてを大神先輩に叩きこんだ～☆』

鉄虎くんが、絶叫している。

『大神先輩、嘘みたいに吹っ飛んだ〜！　まるで車に轢《ひ》かれたみたいにっ、さながらワイヤーアクション♪』

苦鳴をあげながら、晃牙くんが高々と飛ぶ——舞台から、私たちのいる観客たちのほうへと。一直線に、むかしの少年漫画みたいに。エレキギターのケーブルが引っこ抜かれたのか、絹を劈《つんざ》くみたいな耳障りな騒音が鳴り響いた。

それでも大事そうに、ギターを抱えている晃牙くん。楽器をたいせつにしているのだ、先ほどの激しい攻防のなかでも傷ひとつついていない。

『けれど、これは特撮ではありません！　マジもんの、生本番ッス〜☆』

誰もが空を見上げて、呆然としている。浮き浮きしている鉄虎くんの実況のおかげで何となく状況が摑めるけれど、私は正直もう——何かを考える余裕もなかった。

『大神先輩、このままリングアウトで負け確定か〜っ⁉』

もはや勝ったつもりなのだろう、むしゃぶりつくみたいに紅郎さんに飛びついて抱きつきながら歓声をあげていた鉄虎くんが——不意に、真顔になる。

「……ん？」

怪訝そうに、ずっと握りしめているマイクを凝視した。

「あ、あれ？　マイクの電源が落ちたッス、今が『いいところ』なのに〜！」

マイクを叩いたり電源をオンオフしたり、鉄虎くんはしばし当惑《とうわく》していたけれど――すぐに事態を察したのか、目に見えて顔色を失った。

「あれえ、おかしいッスね。どうして――あぁっ、まさか⁉」


「はい、そこまで～♪」


不意に、文字どおり水を差すような清涼な声が響いた。

甘やかな、まだ声変わりをしていない男の子の――天使の声《ボーイソプラノ》だった。

「はしゃぎすぎだよ、家畜《かちく》ども～☆　こんなに騒《さわ》いでさ、ボクたちに気づかれないとでも思った？」

声の主は、【龍王戦】を観賞《かんしょう》している生徒たちの最後方――いつの間にか群衆を取り囲んでいた、不穏《ふおん》な、真っ赤な腕章を巻いた生徒たちのひとりであった。

息もつかせぬ舞台上の攻防に夢中になっていて、私は、そんな連中が近づいてきていたことに気づかなかった。

縮りついたままだった北斗くんの全身が、ぎくりと強《こわ》ばったのがわかった。

「げぇっ、生徒会のチビッコ⁉」

「チビッコって言うな！　生意気だぞ校則違反者のくせにっ、控えおろう！」

鉄虎くんの素直な物言いに、癇癪《かんしゃく》を起こしたように地団駄を踏んで――。

愛らしいとしか表現できない、声と同じく天使のような男の子が胸を張っていた。

背丈がちいさく華奢で、ほとんど女の子にしか見えない。丈があっていないのかわざとなのか、袖が余っていて、指先だけが「ちょこん」と覗《のぞ》いている。

つぶらな瞳に、可憐《かれん》なくちびる。丁寧に育てられ活《い》けられた花みたいな、桃色の髪。

制服のポケットから、熊のような栗鼠《りす》のような、あまり見慣れない造形のぬいぐるみがマスコットキャラみたいに垂れている。親といっしょにライブを楽しみにきたお坊ちゃま、あるいは迷子にしか見えないのだけれど。

生徒たちの反応は、劇的だった。悲鳴をあげ、後ずさり、互いにぶつかりあって転倒するひとも多出する。

一瞬にして、パニックが生じ始める。

それを得意げに眺めて、愛らしい男の子は手を挙げて高らかに宣言する。

「ふふ〜ん♪　すでにこの非公式ドリフェスの会場は包囲されてるっ、おとなしくお縄《なわ》についたほうがいいよ劣等生ども〜？」

それは【龍王戦】に、生徒たちの楽しみに終止符を打つ悪魔の宣告。

男の子が掲げた手を振りおろすと同時に、周囲を取り囲んでいた腕章をつけた屈強な生徒たちが——一斉に、こちらへ向かって押し寄せてくる。

Hierarchy

みんな舞台《ぶたい》に注目してたから気づかなかったんだ、いつの間に取り囲まれたんだろ……？」

「うひゃあ、たしかに『まずい』ね！

「まずいな、生徒会の連中だ」

まったく状況が摑《つか》めずに混乱する私の横で、北斗《ほくと》くんと真《まこと》くんが会話を交わしている。このふたりにとっては慣《な》れた展開なのか――私ほどには、動じていない。

かなりの、異常事態だと思うのだけれど。


ううん。今朝から、つまり夢ノ咲学院《ゆめのさきがくいん》に踏みこんでから――私はまるで異世界に迷いこんだみたいに、これまでの常識を次々と打ち破られるような展開に巻きこまれている。

状況は待ってくれない、現在進行形でパニックが拡大している。

いちばん気楽そうにしているスバルくんが、のほほんと思いついたことをそのまんま言う――みたいな口調で、独《ひと》りごちた。


「ありゃ〜。昼休みは生徒会のひとたち、生徒会室でランチと事務仕事をしていて忙しいはずだけど。さすがに、こんな騒《さわ》ぎになったら感づくか？」

私にはよくわからないことを言っているけれど、説明している余裕もないのだろう。スバルくんもさすがに困ったように、命令を待つ子犬みたいに他のみんなを順繰《じゅんぐ》りに見る。

「巻き添えで引っ立てられないうちに、トンズラしちゃう？」

「ふむ……。悩ましいな、転校生に、生徒会の連中の『やりくち』を見せておくのも良い気がする。それに、もうひとつ懸念《けねん》がある」

こんな状況でも冷静に、北斗くんが淡々《たんたん》とろくでもないことを言い始めた。

「鬼龍《きりゆう》先輩に吹っ飛ばされた大神《おおがみ》が、こっちに向かって飛んでくる」

——なんですと？

「そっちを、先に言って!?　あきらかに、そっちのほうが緊急事態だよね!?」

「すまん。俺はどうも、ふたつのことを同時に考えられないようだ」

「あははっ、ホッケ〜はいつでも一球入魂《いっきゆうにゆうこん》だからね〜☆」

「視野が、狭《せま》いだけだ。などと、呑気に会話している場合ではないな」

スバルくんと真くんに次々と言葉を投げられ、律儀《りちぎ》にすべて返答してから、北斗くんは腕組みして首を傾《かし》げる。フリーズした機械みたいに、しばし動かなかった。

「……どうしたものか？」

落ちついてるように見えるけれど、北斗くんも内心はかなり動揺《どうよう》しているのかもしれない。彼が具体的なことを何も言ってくれず、対応もできないまま——。

群衆《ぐんしゆう》に揉《も》みくちゃにされていて、私は転ばないように踏ん張るだけで精一杯だ。

「うわっ、マジでこっちに向かってブッ飛んでくるよ！」

「ガミさ〜ん、こっちにこないで！　ぶつかる、ぶつかるっ!?」

真くんとスバルくんが悲鳴をあげながら見上げる先に、晃牙《こうが》くんがいる。どんな威力で吹っ飛ばされたのだろう、空気圧で減速し重力で落下しながらも――自《みず》ら羽を生やして飛んでいるみたいな、ものすごい勢いだ。

あきらかに――真っ直ぐ、こちらに突っこんでくる軌道《きどう》である。

「う、うるせぇ！　空中でそんな器用に動けるわけね～だろ、猫《ねこ》じゃあるまいし！　俺様は、狼《おおかみ》なんだよ……！」

「空中できりきり舞いしながら吠《ほ》えても間抜けなだけだよ、ガミさ～ん！」

喚いている晃牙くんに、なぜか投げキスをして野次《やじ》っているスバルくんの首根っこを摑み、北斗くんが周囲を見回して脱出経路を探る。

「仕方ない、避難しよう。緊急離脱だ、生徒会からも逃れられて一石二鳥といえる」

けれど周囲は、走り回る人混みでごった返している。動くに、動けない。

へたをしたら大事故に繋《つな》がる、強引に突破もできずに北斗くんは歯嚙《はが》みした。

「大神は頑丈だから、あのまま落ちても擦《す》り傷程度で済むだろう」

「それはそうだけど、ガミさんはうちの飼い犬のマブダチだからね！　放っておけないよっ、受け止めてあげる～！」

不思議な言動をしながら、スバルくんは両手を広げて受け止める体勢になっていた。

「こっちこ～い、オーライオーライ☆」

「チィッ、余計な真似をすんじゃね～ぞ明星！　俺様はテメ～の助けなんて借りなくても……いや、待てよ？」

どうにか器用なことに、空中で人間にもぎりぎり可能な姿勢の制御——踊《おど》るように回転し、重たい胴体や頭ではなく足から落ちる軌道になって。

晃牙くんが、悪戯小僧《いたずらこぞう》みたいに笑った。

「よ～し、良いことを思いついた！　ふふん、俺様は天才だな！　おい、そこを動くなよ明星《あけほし》……！　死ねぇえええええ！」

「おぎゃあ!?」

思いっきり、勢いよく晃牙くんがスバルくんの顔面を蹴《け》りつけた。

「うわっ、大神くんが明星くんの顔面を踏んづけた～!?」

「何てことをするんだ、大神。顔はアイドルの命だぞ、あと明星の数すくない長所だ」

真くんと北斗くんが騒ぐなか、さすがに体重差もあるので吹っ飛んで、スバルくんがごろごろと地面を回転する。けれど意外と平気そうに、身を起こして涙目で訴《うった》えた。

「ひどいよホッケ～、ガミさんも！　俺、人命救助をしようとしたのに！　踏んだり蹴ったりだよ～！」


「チッ……華奢《きやしゃ》な明星を足場にしただけじゃ、勢いを殺しきれね～か？」

スバルくんを足場にしてやや減速しながらも、そのまま晃牙くんは真っ直ぐに——進路

上にいた私に目をつけて、怒鳴ってきた。

「おい、そこの見慣れない女！　テメ～も、歯を食いしばってしっかり立ってろ！」

「転校生!?　大神、おまえ何のつもりだ……!?」

慌《あわ》ててスバルくんを助け起こしに行こうとしていた北斗くんが、ギョッとする。けれど遅い──猛烈な速度で、晃牙くんは動きつづけている。

身をひねり、地面に叩きつけられまいと強引に軌道を変更する。スバルくんを足場にすることで、やや姿勢を制御できたのだ。

しかし慣性の法則で、すべての運動エネルギーは消しきれない。

重力と勢いのままに、彼は突っこんできた。

「当然、こいつも俺様の踏み台にするんだよっ──おらぁああ！」

足から。

晃牙くんが、思いっきり私の全身にぶつかってきた。ほとんど、交通事故である。というか跳び蹴りをされたようなもので、私の顔面に晃牙くんの靴がめりこんだ。

当然、耐えられずに私は仰向《あおむ》けに転倒する。晃牙くんの重みを感じながら、地面を凄《すさ》まじい勢いで滑った。

後頭部をぶつけ、目の前に火花が散る。意識が、遠のいていく。

「て、転校生ちゃ～ん!?　大丈夫っ？」

真くんがさすがに顔面蒼白《そうはく》になって、慌てて駆け寄ってくる。

「うわっ、転校生ちゃんが大神くんに押し倒された感じに！　お、おまわりさ〜ん！　ここに性犯罪者がいますっ、逮捕して〜！」

「うるせ〜ぞ、眼鏡《めがね》！　ふふ〜ん♪　なかなか良いクッションじゃね〜か、俺様の役に立ったな！」

晃牙くんは無事に着地できたようで、怪我《けが》ひとつなくピンピンしている。私のお腹《なか》のあたりに正座するような姿勢になり、なぜか地面には決して身体《からだ》を触れさせず——つまり全体重をのせたまま、勝ち誇っていた。

「褒《ほ》めてやるぞ、テメ〜！　誰だか、知らね〜けど！」

気安く、意識が朦朧《もうろう》としている私の頭を「ぽんぽん」と叩《たた》くように撫《な》でてきた。私は返事もできない、何ということを……。ほんきで、死ぬかと思った。

部外者面をして、観客気分で、事態を眺《なが》めていたのがよくなかった。

私は、もう当事者なのに。この夢ノ咲学院の、一員なのに。

「勝負は、まだ終わってね〜んだ！　曲の、途中なんだよ！　敗北条件はリングアウト……厳密に言えば、舞台の外の地面に足をつくこと！」

大威張りで、晃牙くんは私に跨《また》がったまま舞台に向き直った。

「俺様は、この女と明星を踏み台にしたから、『地面に足をつけてない』！　まだ負けじゃね〜んだよ、こっからが本番だ！」

こんな状況なのに、死ぬほど吹っ飛ばされた直後なのに——まだやる気だ。牙を剝《む》き、元気いっぱいに闘志を漲《みなぎ》らせている。

「手傷を負った狼の恐ろしさを、思い知らせてやるぜ最強さんよ……！」

群衆にまぎれて舞台は見えないけれど、そこにいるはずの紅郎《くろう》さんに挑戦している。

いまの彼にとっては、ライブが最優先事項なのだろう。

激痛と衝撃でくらくらしている私を、ご無体なことに、晃牙くんはまったく気遣《きづか》わずに呼びかけてくる。

「おい、女！　このまま、俺様を舞台まで運べ！　俺様を蹴飛《けと》ばしやがったあのツンツン頭に、復讐《ふくしゆう》の牙を突き立ててやるよ！」

「それは無理だ、大神。転校生は、目を回している」

北斗くんがさすがに殺気立って、忌々《いまいま》しげに言った。私はそんなに頑丈《がんじよう》にはできていない――意識がゆっくりと薄れて、状況もほとんど把握《はあく》できなくなる。

「ああ？　うわっマジだ、ひ弱だなこいつ⁉　クソッ、使えね～な！」

「勝手に巻きこんでおいて、何という言い草だ？」

私の頰《ほお》を「ぺちぺち」叩いてくる晃牙くんの肩を、北斗くんが摑んだ。ぎりぎりと、肩の肉に指が食いこむほど、ちからいっぱいに。

「転校生の上からどけ、大神。そいつは、俺たちのクラスメイトだ。大事な、俺たちの新しい仲間なんだ」

「あぁっ？　生意気なことを言ってんじゃね～ぞ、ガリ勉が！　やろうってのかよ、相手になってやんぞコラ！　俺様に嚙みついたことを、後悔させてやんよ……！」

「悪いが、おまえと遊んでいる場合ではない」

食ってかかってくる晃牙くんをいなして、北斗くんが歯嚙みする。

「敵を見誤るな、大神。俺たちの、ほんとうの敵が誰だったかを思いだせ」


「全員、静粛《せいしゅく》に！　生徒会、執行部《しっこうぶ》である！」


悲鳴と騒音が爆雷でもばらまいたみたいに轟《とどろ》く、大パニックのなか。よく通る、大声が響いた。全員が、同時に動きを停止する。

神の託宣《たくせん》を受けた、敬虔《けいけん》な信徒のように。

あるいは牢獄《ろうごく》で、監守《かんしゅ》からお叱《しか》りを受けたみたいに。絶対に逆《さか》らえない上位者からの命令に、つい本能的に従ってしまった——そんな雰囲気だった。

静けさを取り戻していくグラウンドに、すべてを屈服させるような威圧的《いあってき》な声が響いている。滑舌も、発音もよくて、何かのアナウンスを告げているみたいだ。

「このドリフェスは、学院の許可を得たものではない！　夢ノ咲学院の校則第四条により、主催者および観客を処断する！」

声の主は、群衆を取り囲み整然と居並ぶ生徒会の面々の真ん中に、立っていた。軍隊を指揮する将軍か、軍師のように。威風堂々《いふうどうどう》と、正義の味方みたいに。

知的な風貌《ふうぼう》の、思慮深そうな人物である。冷たい印象の眼鏡、深緑《しんりょく》の髪。姿勢よく規律正しく、定規で測ったみたいに正確な歩幅で歩み寄ってくる。夢ノ咲学院の制服、そのネクタイの色は緑——三年生だ。どうやら生徒会を仕切る、大人物らしい。

遠目だし、私はほぼ気絶しているので、そこまで正確に見て取れたわけではないけれど。

周囲から浮き立つような存在感の、凜々《りり》しい立ち姿であった。

「容赦《ようしゃ》はせんぞ、はみだしものども」

駄々《だだ》っ子を叱る親みたいに、呆《あき》れたような溜息《ためいき》を深々と漏《も》らして——。

眼鏡の似合う美男子は、正々堂々と宣言した。

「生徒会長・天祥院英智《てんしょういんえいち》の名代として、この蓮巳敬人《はすみけいと》が貴様らの足りない脳みそに校則を太字で書きこんでやろう」

「ふんふふ～ん♪」

蓮巳敬人と名乗った高圧的な人物に気安く寄《よ》り添《そ》って、先ほどからむやみに楽しそうにしていた天使みたいに愛らしい男の子が——小悪魔じみた、嘲笑《ちょうしょう》を浮かべた。

「逃げても無駄だよ豚ちゃんたちっ、家畜小屋に帰る時間だよ～☆」

喜色満面で、とんでもないことを言っている。

「ぷぷっ♪　ボクたち生徒会が昼休みは忙しくしてる、って情報を流したら尻尾をだすと思ったんだよね！　まんまと引っかかってやんの～、頭のよくないひとって可哀想《かわいそう》♪」

ここまで小馬鹿にされたら逆に怒る気にもならない、みたいな愛嬌《あいきょう》のある態度ではある。けれど挑発された生徒たちは苛立《いらだ》ったのだろう、一斉にそんな男の子を睨みつける。

ちっとも怯まずに、男の子は傲慢《ごうまん》な幼い暴君のように告げてくる。

「こっちは万全の状態で待機してたんだっ、ひとり残らず首に縄《なわ》つけて家畜小屋行きだよ……！　あぁ楽しいっ、権力者に逆らうお馬鹿さんたちを踏みつぶすのって快感～♪」

くねくねと身悶《みもだ》えして喜んで、全力で嘲弄《ちょうろう》してくる。

「これに懲《こ》りたら、二度とボクたち生徒会には逆らわないようにするんだね！　這《は》いつくばって、頭を垂れて、ド底辺で生きてろっ☆」

「言葉が過ぎるぞ、姫宮」

姫宮というらしい愛らしい男の子の頭を、小突《こづ》きかけてやめて、そっと頭に手を添えると敬人さんが眼鏡を煌《きら》めかせた。ぶうたれる姫宮くんを、よしよしと撫でる。

そして面倒な仕事を片付けるときのような、億劫《おっくう》そうなそぶりでお小言《こごと》を述《の》べた。

「俺たちは、ルールを遵守《じゅんしゅ》するだけの存在だ。それ以上でも、それ以下でもない。単なる物差しだ、そこを履《は》きちがえるな」

敬人さんは憤懣《ふんまん》やるかたない、という態度で眉《まゆ》をひそめる。

「馬鹿者どもめ。ルールは、貴様らを守るためにあるのに。無駄に逆らい、道理を乱し、俺たちの手を煩《わずら》わせる。まったくもって、度《ど》し難《がた》い」

そのまま姫宮くんをお供のように引き連れて、傲慢に歩み寄ってくる。生徒たちが、一斉に後ずさっていく。暴力的ではない、むしろ品性と知性を感じさせるこの人物を——誰もが過剰《かじょう》に、恐れているように思えた。

「俺は、英智ほど甘くはないぞ。圧制者と呼びたいなら呼ぶがいい、秩序《ちつじょ》は必要なのだ。英智が戻ってくるまで、俺がこの学院の安寧《あんねい》を司《つかさど》る防壁となろう」

周囲は取り囲まれている、生徒たちにはどこにも逃げ場はない。

「全員、引っ捕らえろ。ひとりも逃すな、捕縛《ほばく》したものは生徒指導室へ連行しておけ。あとで俺が、みっちり説教を食らわせてやる」

悠々と、敬人さんは周りにいる生徒会のメンバーらしい屈強なものたちに、身振り手振りで指示を与えている。手慣れている、こういうことは夢ノ咲学院では日常茶飯事《にちじょうさはんじ》なのだろう。

私たちは、公権力には逆らえない。従うしかない、お情けに縋《すが》るしかないのだ。卑屈《ひくつ》に、ほんとうに——家畜か奴隷《どれい》みたいに。

アイドルたちの学び舎《まなや》なのに、夢も希望もない話だった。

「あはは！　副会長の説教は長いよ～、ほとんど拷問《ごうもん》だよ！　ご愁傷《しゅうしょう》さまっ♪」

姫宮くんが自分はちゃっかり敬人さんの背後に隠れて、安全なポジションを確保しながら、にやにや笑っていた。

「く、くそ～っ！　いつもながら横暴ッスよ、生徒会！」

萎縮《いしゅく》する生徒たちの中心、舞台上で鉄虎《てとら》くんが涙目になって歯軋りした。

「【龍王戦《りゅうおうせん》】は、伝統あるドリフェスなんスよ！　空手部の偉大なる先輩たちから受け継いだ、空手部の歴史そのものッス！　俺たちの、誇りッスよ！」

せめて声をあげ、叛意《はんい》を示しただけ、鉄虎くんは強かった。間近でそれを眺める紅郎さんが、すこしだけ誇らしげに目を細めている。

「それを認めずに、かんたんに『ルール違反』とかで片付けて弾圧《だんあつ》するのは納得いかないッス！　断固、抗議するッスよ！」

「抗議するって、どこに？　馬鹿だね〜、この夢ノ咲学院ではボクたち生徒会が主体であり規律であり最高権力者なの！」

鉄虎くんの必死の訴えを、姫宮くんがどこまでも傲慢に笑い飛ばした。

「教師に泣きついても意味ないんだよ、ボクたちに逆らったおまえたちが『悪』なんだ！　あははははは☆」

その態度を見て、諦めたように溜息をつくと――紅郎さんが鉄虎くんの背中を叩いて促《うなが》す。周囲を油断なく見回し、生徒会の人員がすくない方向を見定めた。

「鉄、いったん退《ひ》くぞ」

そのまま鉄虎くんの背中を押し、舞台から降ろさせる。ライブは中止だ、それどころではない――ぼやぼやしていると、引っ捕らえられる。空手部のふたりはこの非公式戦を主催し、盛りあげた張本人である。生徒会にとって、最優先で確保すべき主犯なのだ。

真っ先に、狙われるはずだ。

鉄虎くんもそれは理解しているのだろうけれど、下唇を噛んで抗《あらが》った。

「で、でも大将！　俺、悔《くや》しいッスよ！　このまま、泣き寝入りなんて～！」

「泣き寝入りするつもりはねぇ、あとで落とし前はつける。だが、腹立たしいが……。たしかに、ルールを破ったのは俺たちだ」

紅郎さんは歴戦の勇士さながらに、冷静に状況を分析している。むしろ血気に逸《はや》って鉄虎くんみたいに発憤できない己を、どこか自嘲《じちょう》するような半笑いだ。

けれど弱気も、何もかも、心のなかに押しこんで――紅郎さんは、生き延びるために動く。野生動物のように、弱肉強食のこの世界で。

「逆らうのは、得策じゃねぇ。今はな。まぁ、黙って捕まってやる義理《ぎり》もないが」


「逃がさないぞ～！」

姫宮くんが機敏に動き、舞台から降りてどこかへと遁走《とんそう》しかけた空手部ふたりの前に立ちふさがる。ちいさな身体で胸を張って、偉そうに指を突きつけた。

「この騒ぎの、主犯！　おまえらは、ボクが絶対に確保する！　おまえらを捕獲《ほかく》すれば、ボクの評価も鰻《うなぎ》登り～♪　絶対に逃さないよ、大将首《たいしょうくび》は！　ボクの、野望のために☆」

あきらかに、体格差がある。紅郎さんと並ぶと、姫宮くんは半分ほどの背丈と体重しかないように思えた。ふつうなら、蹴飛《けと》ばされてお終いだけれど――。

姫宮くんはペロペロキャンディーでも取りだすみたいに、懐から何かをだして掲げる。

「見て見て、これは何でしょう？　じゃじゃあん、スタンガンでした～♪」

護身用の、凶器である。当たり前のように武装している――学生運動が華やかなりし時代でもあるまいし、何なのだろうこの物騒さは？

姫宮くんはスタンガンを両手で構えて、ほくそ笑んだ。

「どれだけ鍛えていても、こいつで殴られたら関係ないんだよねっ！　ビリビリ痺《しび》れて昏倒《こんとう》しちゃえっ、ボクの栄光のために死ね～！」

「……ガキが、そんなもん振り回すんじゃねぇよ」

ほんとうに子供が棒きれでも振り回して喧嘩《けんか》するみたいな動きで、襲いかかってきた姫宮くんだったけれど。紅郎さんは、振りおろされたスタンガンをあっさり避《よ》ける。目標を見失って蹈鞴《たたら》を踏む姫宮くんの腕を摑み、ひねりあげて。

あっさりと、スタンガンを奪ってしまった。

役者が、ちがいすぎる。学院最強、などと渾名《あだな》をつけられた紅郎さんだ――見るからに華奢な姫宮くんとは、戦闘能力が段ちがいだった。

赤子の手を、ひねるようだ。

「うわああん！　返せ～っ、返して！」

姫宮くんは何拍か遅れて自分の武器が没収されたことに気づき、紅郎さんの分厚い胸板

を「ぽかぽか」と叩いた。

　紅郎さんはむしろ呆れたのか、情けなさそうな顔をしている。

「虎の威《い》を借る、狐《きつね》め。ガキは、家に帰ってママのおっぱいでもしゃぶってろ」

　姫宮くんに「めっ♪」というようにデコピンをして、たったそれだけで彼を後ろ向きに転ばせる。華麗に突破し、紅郎さんはもう振り向かずに駆け去っていく。

「こっちだ、鉄。俺が、道を切り開く。……ついてこられるな？」

「お、押忍《おす》！　大将〜！　この南雲《なぐも》鉄虎、いつだって大将の背中についていくッスよ！」

　再び生気を取り戻した鉄虎くんが、目を輝《かがや》かせて全力ダッシュで追従《ついじゅう》する。ボールを追いかける、子犬みたいだ。地面を転がった姫宮くんが、ぎゃあぎゃあ喚《わめ》く。

　空手部のふたりはさすがの身体能力で、騒動の渦中から遠ざかっていく。

（ふん。観客たちを見捨てて自分らだけ逃げるのは、ちと心苦しいが）

　紅郎さんは横目で、吹き荒れる狂乱を確認する。内心で、臍《ほぞ》を嚙んでいた。後ろからついてくる鉄虎くんに焦燥を気取られないように、顔にはだしていないけれど。

　忸怩《じくじ》たる気持ちながらも、今はひたすら逃走するしかない。

（まぁ、主犯は俺たちだ。見ていただけの観客たちは、説教ぐらいで済むだろう）

　そう判断し、後ろ髪をひかれながらも、紅郎さんは撤退《てったい》していく。

（鉄が、がんばって企画したドリフェスだった。できれば、最後までやり遂《と》げさせてやりたかったが……。仕方ねぇ、運が悪い。いや、時代が悪いのか）

紅郎さんが全力で大暴れすれば、ここに集まった生徒会のものたちを全員まとめて薙《な》ぎ倒すこともできたかもしれない。けれど結局、それでは何も変わらないのだ。

単純な暴力では解決できない、権力構造《ヒエラルキー》を覆せない。

（生徒会……。癪《しゃく》に障《さわ》る連中だな、どこの誰が決めたかもわからねぇ枠組みに縛《しば》られやがって。まぁ、生徒会には生徒会なりの道理があるんだろうが）

生徒会の人員を指揮する敬人さんへ、紅郎さんは一瞬だけ視線を向ける。目と目があって、なぜかすこし申し訳なさそうにした敬人さんに——紅郎さんは首を振った。

（気に食わねぇ、な）

一瞬だけ獰猛《どうもう》な殺気を放つと、紅郎さんはふと衣装のポケットから覗《のぞ》くハンカチに気づいた。それを見て、すこしだけ穏《おだ》やかな表情になる。

（……そういえば。あの嬢《じょう》ちゃんから、ハンカチを借りっぱなしだ）

暴動の現場さながらに混乱が渦巻《うずま》くグラウンドを、紅郎さんは注視する。けれど何もかもわやくちゃで、ほとんど誰がどこで何をしているのか判然としない。

ようやく、かなり離れた位置で、なぜか晃牙くんに押し倒されているかたちの私を発見する。何やってんだあいつら、みたいな顔を紅郎さんはした。

（かなり遠くにいるな、この人混みをかきわけていくのは無理か。あとで、洗って返しにいこう。まずは、この場を生き延びなくっちゃな）

謝罪するようにかるく会釈《えしゃく》して、銅鑼《どら》を叩くみたいな胴間声《どうまごえ》を放った。

「大神！　どうにも水を差されちまった——勝負はお預けってことにしてやる、次は朔間をつれてこい！」

私がまだ知らない名前を口にすると、豪快《ごうかい》に笑った。

「その嬢ちゃんには義理がある、きちんとこの場から脱出させてやってくれよ！」

晃牙くんには聞こえているのかいないのか、この騒ぎではわからない。紅郎さんもそれ以上は何も言わずに、ただ前を見て進むしかない。

（なぁ、嬢ちゃん。てめぇも、ろくでもないところに転校してきちまったようだが——ちょっとだけ、期待しておくぜ）

熱気の渦のなかから、学院最強の男はまるで敗北したみたいに走り去る。

（腐っちまったみてぇなこの学院に、どうか新しい風を吹かせてくれよ？）

その祈りを、願いを——私はまだ知らないまま。

情けないことに、そのあたりで意識が完全に途切れていた。


そんなふうに、私は情けないことに気絶していたので——。

これは、後から聞いた話である。

「はひ〜！」

いつでも元気いっぱいなスバルくんすら疲弊《ひへい》して、盛大な吐息を漏らした。膝立ちになって、荒く呼吸している。涼しい気候なのに、さすがに汗をかいていた。

夢ノ咲学院の華美な城郭《じょうかく》じみた校舎の裏、雑草が生い茂るあまり誰も立ち入らないような区画である。そこまで全力で逃げてきた彼ら——『Trickstar《トリックスター》』の面々は、しばし呼吸を整えることに腐心《ふしん》した。

とくに疲れ果てているのは、スバルくんだ。このなかではいちばん体力があるようだけれど、失神した私を背負って全速力で逃げ延びてきたのだから、当然である。

そちらを気遣《きづか》うように見ながらも、真くんがおっかなびっくり周囲を確認した。

「どうにか、生徒会の連中は振りきれたかな？　い、生きた心地がしなかった……！」

「まだ、油断はできん」

北斗くんは疲労が顔にでにくいようだけれど、それでもすぐには動けないようで、そばに植えられた常緑樹《じょうりょくじゅ》にもたれかかっている。汗を拭い、瞑目《めいもく》していた。

先ほどまでの喧噪《けんそう》が嘘のように、しんと静まりかえっている。まだグラウンドでは派手な捕り物が行われているのだろう、やや遠くから騒音や悲鳴が聞こえてくる。

けれど無事に、彼らは混沌《こんとん》とした状況から脱出できたのだ。

「ドリフェスに集まっていた連中に比して、生徒会はさすがに人数がすくない。俺たちが主犯というわけでもなし——執拗《しつよう》に追ってはこないだろう、と判断する」

ひとまずの、平穏を得られたようだ。走ってるうちに乱れた姿勢を整えるためだろう、スバルくんがかるく跳躍《ちょうやく》するようにして私を背負い直した。

さすがに笑みも消えて、スバルくんは珍しく険しい表情で虚空《こくう》を仰いでいる。

「俺たちみたいな三下《さんした》までは、生徒会も手が回らないか。それも、悔しい話だけど。生徒会と敵対することの恐ろしさを、思い知っちゃうね〜？」

「だが、いつか必ずそうなる。今回は、予行練習になったと思えばいい」

北斗くんが相づちを打ち、歩み寄る気配を察して目を見開いた。


「きなくさい話をしてんなぁ、おまえら？」


気安く呼びかけながら登場したのは、私はまだ知らない男の子である。夢ノ咲学院の制服、その学年を示すネクタイは青色——二年生。男の子にしては長い髪をバレッタでまとめて、おでこをだしている。快活《かいかつ》そう、というか軽薄そうな見た目。

爽《さわ》やかな風貌だけれど、なぜかすごく疲れている印象。のろのろと歩み寄ってくると、たむろしているスバルくんたちを呆れたように眺めて、腕組みした。

「あっ、サリ〜♪　ありがとうねっ、俺たちをこっそり逃がしてくれて！」

スバルくんが飼い主を見つけた子犬みたいに、満面の笑みで出迎えた。

『サリ〜』というと——何度か話題にでてきた、衣更《いさら》という名前の男の子だろう。

今さらの、登場である。間の悪いことに、私は気絶しているし——どうやっても私はこの衣更くんとやらと、互いに自己紹介をすることもできない運命なのだろうか。

などと意識のない私は考えることもできない間に、スバルくんが頭をさげる。

「おかげで助かったよ、やっぱりサリ～は俺たちの『魔法使い』だぁ～☆」

「『魔法使い』、マーリンだね！　さながら、僕たちは円卓《えんたく》の騎士《きし》……！」

「仲たがいして内部崩壊した集団に、俺たちをなぞらえるな」

スバルくんのどこかおかしな物言いに、真くんと北斗くんが調子よく合いの手をいれた。

息ぴったりの三人組に、ひとりだけ浮いているみたいな衣更くんは、苦笑いする。

頭をごりごりと掻《か》くと、彼は溜息を漏らした。

「つうか、みょうな渾名をつけんなよ。俺は、ちょっと器用なだけ。ていうか、あぁもう！　頼むから、俺を巻きこむなっつってんだろ！」

衣更くんは頭を抱えて、慨嘆《がいたん》する。

「面倒ごとは、御免なのに！　おまえらと関わるといつもこうだっ、ちくしょう！　泥沼だよっ、おまえらなんかと『ユニット』組むんじゃなかったよ！」

「急にどうした!?　サリ～は情緒不安定だなぁ、リラックスしようよ！　そうだ、お歌を歌おう♪」

「俺が不安定なんじゃなくて、おまえらが呑気《のんき》すぎるんだってのっ！　頼むから、そのキレイな頭のなかみもちゃんと活用してくれ！」

もはや挑発しているみたいに歌い始めたスバルくんの胸ぐらを掴み、前後に激しく揺する衣更くんであった。喧嘩しているとか、険悪とかではなく、仲良しのお友達どうしの和《なご》やかな雰囲気だけれど。

のほほんとしているスバルくんをあっさり解放し、衣更くんは項垂《うなだ》れて半泣きだ。

「もうちょっと考えてから行動しろよ〜、ほんとに！　おまえら、何もしないうちに一網《いちもう》打尽《だじん》にされるところだっただろうが！」

全員に対していちどずつ指さして駄目出しをする、苦労性らしい衣更くんである。

けれど誰も反省しないどころか、むしろ嬉しそうにスバルくんがガッツポーズした。

「ふふん♪　信じてたからね！　俺たちがピンチに陥ったら、きっとサリ〜が助けにきてくれるって☆」

「信じるなよ〜っ、困るよ！　俺の立場は知ってんだろ、あんまりおまえらに肩入れすると俺は首が回らなくなるの！」

借金苦に喘《あえ》ぐように嘆《なげ》くと、衣更くんは意外なことを言った。

「これでも俺は、生徒会の役員なんだからな！」

生徒会。先ほど【龍王戦】に介入し、楽しく盛りあがっていた生徒たちを制圧し、粛《しゆく》正《せい》した高圧的な連中。衣更くんは、その一員なのだ。たしかにその制服には、生徒会の人間であることを示すのだろう、腕章が巻かれている。

騒ぎを鎮圧《ちんあつ》しにきた生徒会側の人間＝衣更くんが手引きしてくれたからこそ、スバルくんたちは、あっさり現場から脱出できたのだろう。あるいは最初から、衣更くんがそうして助けてくれることを見越していたから——最後まで、呑気にしていたのか。

私が失神するというアクシデントがあったから、慌てて待避《たいひ》することになったわけだけれど。そこは申し訳ないものの、不幸な事故である。

ちなみに私の顔面を踏んでくれた晃牙くんはというと、野生の獣《けもの》じみた動きでさっさと退散していた。紅郎さんが今回の【龍王戦】の決着は後回しにする、みたいに言っていたから、地面に足をつけないということにこだわる必要がなくなったのだ。

彼もかなりの問題児らしく、生徒会から逃げ去るのにも慣れていた。


衣更くんが、今度は樹木にもたれかかった北斗くんに狙いを定めて胸ぐらを摑んだ。

「北斗！　おまえが、ついていながら〜！」

そして今度は彼を、左右に振り回す。感情がそのままでる、直情径行《ちょくじょうけいこう》な子みたいだ——衣更くんは。みょうに人間味があって、それは彼の愛嬌《あいきょう》になっていた。

「ちゃんと、このアホどもに首輪をつけとけ！　放し飼いにすんなっ、おまえら見てると心配なんだよ〜！」

「すまん、返す言葉もない。俺も少々、焦っていたようだ」

怒っているというより、衣更くんはほんとうに心配していたのだろう。北斗くんもそれを察したようで、申し訳なさそうに頭をさげる。

「自身の立場を危険に晒《さら》してまで、俺たちを手助けしてくれたことには感謝する。いつもありがとう、衣更」

「ん〜、あらためてお礼を言われると背中がムズムズするけど。まぁ困ったときはお互いさまっていうか、一蓮托生《いちれんたくしょう》っていうか」

衣更くんは真面目にお礼を言われたので、すこし照れた。はにかむように笑うと、どこか誇らしげに言うのだった。

「俺も、『Trickstar』だからな」

それが、この世でいちばん大事なことなのだというように。

衣更くんはやや落ちついて、自分の頰を「ぱんぱん！」と叩いて気合を入れ直す。のんびり、お喋《しゃべ》りしていられるような状況でもないのだ。

すこし休んで呼吸を整えたら、動き始めなくてはならない。

「まぁ、今回は『どさくさ』まぎれにおまえらを修羅場《しゅらば》から脱出させるだけだったから。そんなに大変っつうか、迷惑でもなかったけど……？」

照れ隠しをするように小声でつぶやくと、衣更くんは首を傾げる。

「ていうか——何でおまえら、あんなところにいたの？　生徒会に叛逆《はんぎゃく》する準備が整うまでは、おとなしくしとけって言ったろ？」

何だか、不穏《ふおん》なことを語っている気がする。北斗くんも衣更くんの疑問を受けて、私が気絶したままなのを確認してから——丁寧《ていねい》に答える。

「うむ。だが、思わぬ拾いものをしたのでな。計画を前倒しにしてもいいかもしれない、と判断した。早計だったと、今では反省している」

やはり淡々とした口調だけれど、北斗くんの声にはいつになく感情がこもっている。

「衣更にも、相談しておくべきだった」

「いいって。あんまり俺と接触しすぎても目ぇつけられるだろ、大事なことだけ共有させてもらえればいい」

北斗くんの感情の揺らぎを察したのか、衣更くんは困ったように半笑い。気心の知れた友達なのだろう——何だかすこし、羨《うらや》ましい。

「それに、おまえらはそういうところは『きちん』としてるからな。それだけは、信じてる。だから、『ユニット』を組んだ。あんまり俺を失望させないでくれよ、あとできれば面倒をかけないでほしい！　わりと、マジで！」

「それは、約束できないが」

「そこだけは約束しろよ～っ、これ以上は妥協できないぞ！　ほんきで縁切るぞおまえらっ、いつもいつも迷惑かけて～！」

真面目に喋っているのが気恥ずかしくなったのか、茶化すような、わざと道化《どうけ》た振る舞いをしているような衣更くんだった。

再び北斗くんをガクガクと揺すってから、すこしだけ神妙に目を細めて尋ねる。

「しかし、北斗が焦って行動するなんて珍しいな。……何が、あったんだ？」

「転校生がきたんだ、俺たちのクラスに」

「あぁ、聞いてるよ。『女の子』で、『プロデューサー』なんだって？　もしかして、そのスバルがおんぶしてる子？」

先ほどから気になってはいたのだろう、ちらちらと私を見ている衣更くん。夢ノ咲学院アイドル科は男子校みたいなものなので、女の子は珍しい。

好奇心に満ちた視線を送る衣更くんに、北斗くんが困ったように肩をすくめた。

「うむ。衣更にも紹介しておきたかったが、どうも失神しているようだ。転校初日から、いきなり乱痴気騒《らんちき》ぎに巻きこまれたからな。疲弊《ひへい》しているのだろうし、吹っ飛ばされてきた大神に、正面から激突したのだ」

激突したというか、踏まれたのだ。顔面を。

これで元気にぴんぴんしていたら、それはそれで変である。

ほんとうに、大変なことに巻きこまれたものだ……。自分がどんな運命の渦中にいるのかも、まだ判然としないけれど。

「気絶してしまうのも、仕方ない。女の子、だからな。それを失念していた、彼女を気遣えなかった。これは、俺の責任だ」

「あんまり背負いこむなよ、北斗。ちょっとぐらいなら肩代わりしてやるから、いつでも何でも相談しろよ？」

面倒ごとは御免だ～などと言っていたわりに、衣更くんはそんなことを口にするのだ。

「おっと、長々と席を外してると怪しまれるな……。俺、生徒会の連中と合流するから。

おまえらは、さっさと尻尾を丸めて逃げとけよ？」

「そうする。俺は、ついでに転校生を保健室に運ぼう」

素早くグラウンドに戻りながら手を振る衣更くんに、北斗くんも同じ仕草をして応《こた》える。

スバルくんと、真くんも。私だけがまだ、その和やかな輪に加われない。

それが何だか、とても寂《さび》しい。

ずっと私を背負っていて疲れているのだろうスバルくんから、北斗くんが私を請け負う。

頼もしく、おぶってくれる。

壊れものを扱うみたいに、丁寧に私を確保してくれた。

「もうじき昼休みも終わるし、明星と遊木は先に教室に戻っておいてくれ」

「転校生を独り占めにするのはずるいぞ〜、と言いたいところだけど」

スバルくんがむしろお預けを食らった犬みたいな顔をしたけれど、北斗くんの言い分に納得し、人肌が恋しかったのか真くんの背中を押す。

「了解、任せたよ。授業に遅れそうなら、俺から教師にてきとうに説明しとくね。でもさ——ほんとにサリ〜の言うとおり、あんまり背負いこまないでよ？」

ふたりで仲良く、教室へと向かっていく。ちょうどよくお昼休みの終了を示す鐘《かね》の音が、いまだ騒乱の気配を漂わせた夢ノ咲学院に、響く。

「そうそう、僕たちは『ユニット』なんだからね。運命共同体だ、僕たちが仲間じゃ頼りないかもしれないけどさ」

スバルくんに背中を押されながらも、真くんが気遣うように眉尻を下げた。

「氷鷹《ひだか》くんは責任感が強すぎて、ぜんぶ自分だけで抱えこんじゃうから心配だな？」

祈るように、胸の前でぎゅっと指先を絡めている。

「支えあえる集団でありたいよ、せめて『Trickstar』だけでも。転校生ちゃんも、そんな僕たちの仲間になってくれたら嬉しいんだけど」

「酷《ひど》い目に遭《あ》ったからな、もう嫌になっているかもしれん。それは、彼女が起きたら確かめてみる。まずは、保健室で安静にさせてやりたい」

北斗くんは何だか調子が狂った機械みたいに、ぎこちなく私を運んでくれる。揺らさないように、私を傷つけないように……。でもそうすると、一歩も動けなくて。

困っているみたいだった、私をまだ持て余している。

「難しいな、女の子というのは。どういうふうに対応すればいいのか、わからない」

「ゆっくり慣れていけばいいよ、何事もね。ほんと、今回は焦りすぎだったよね～？」

珍しく、スバルくんがまとめるように言った。ひとを安心させる、心地良く幸せにしてくれる――アイドルらしい、輝くような笑みを浮かべて。

「急がず焦らず、みんなで一歩ずつ確実に進んでいこうよ」

言葉どおりに、率先して歩いていく。

「そしていつか夜空の星に手が届くぐらいに、でっかく成長できればいいじゃん。できればみんなで、ね？」

そのあと。

「失礼します」

宣言していたとおり、北斗くんは私を軽々と運んで校舎のなか——保健室へと辿りついた。校舎裏からはかなり遠かったし、夢ノ咲学院の校舎は広い。おまけに靴を履き替える余裕もなく、北斗くんは靴下でここまで移動していた。

さすがに疲れたのか、足が痛くなったのか、他に理由でもあるのか北斗くんの顔色は優れない。むしろ、呑気に眠りこけている私よりも病人のようだった。

鍵もかけずに開けっ放しだった保健室の扉を、乱暴に足で開けると、室内に踏みこむ。電気がついておらず、薬品臭い保健室のなかには闇が蟠《わだかま》っている。

「佐賀美先生……は、いないか。どこで何してる、あの怠慢《たいまん》教師」

私たち二年A組の担任教師である佐賀美先生は、保健室の先生でもある。

「まぁいい。転校生、保健室についたぞ。起きてるか？」

いまだに意識が完全には回復しておらず、私は声もだせない。物理的なダメージ以上に、次から次へと巻き起こる狂瀾怒濤《きょうらんどとう》の展開に耐えられず、脳が過負荷でショートしたようだった。返事もできずに、私はうつらうつらと浅い眠りと覚醒《かくせい》を繰り返している。

赤ん坊みたいに無力な私を、北斗くんはすこし苦労しておんぶしていたのをお姫さま抱っこの姿勢にする。そのまま、私を恭《うやうや》しくベッドまで運んでくれた。

「ゆっくり、降ろすからな。怖かったら、言ってほしい。よいしょ、っと」

柔らかな寝床に丁寧に横たえられて、私の意識はまた途切れる。寝返りを打つことも、気遣ってくれる北斗くんに返事をすることも、できなかった。

このまま眠って、何も考えずに、ぜんぶ後回しにしてしまいたい。

「うむ。しばらくは、ここで休んでいるといい。看病は、必要か？」

やり遂げた表情ですこし笑みを浮かべてから、北斗くんはすぐに顔を伏せた。

「……返事が、ないな」

横たわった私に顔を近づけて、呼吸しているかどうか確認したのだろう、すこしの間だけキスしてしまいそうな至近距離から私を眺めていた。

「まだ、意識を失ったままか。ほんとに弱々しいんだな、女の子というのは。身体も、こんなに細くて、柔《やわ》らかい」

電気をつけてはいないけれど、カーテンを閉められた窓越しに日差しが入ってきている。空中の埃《ほこり》が、陽光を反射して輝いている。

どこか幻想的な景色のなか、北斗くんは天井を仰いだ。

「俺は、こんな子を戦場に叩きこもうとしたのか」

しばし、北斗くんはそのまま「…………」と無言でいた。急に緊張感がほどけたのか、私を安全な寝床まで運べて気が抜けたのか、よろけるようにしてその場に膝をつく。女王に傅《かしず》く騎士にも、神に縋る信仰者にも似ていた。

✧

そばにパイプ椅子を見つけて、北斗くんはそこに腰掛ける。

彼も疲れているはずだ、すこし休んでいくつもりだろうけれど——。

「転校生、意識がないなら聞こえていないだろうが。それでもいい、謝らせてくれ」

すまなかった、と北斗くんは擦り切れた声で謝罪してきた。

「何も知らないおまえに、勝手な期待を押しつけて、騒動に巻きこんでしまったのもそうだが……。俺はひとつ、おまえに嘘をついていた」

私が意識を失っているからと安心したのだろう、北斗くんは独白する。

「否《いな》。事実をひとつ、明かさずにいたんだ……。この学院ですごせば、おまえも自《おの》ずと理解すると思っていた。いいや、仮にも自分の在籍する学院を悪く言いたくなかっただけ、なのかもしれない。俺は情けない、格好つけたがりだ」

みんなの前では常に冷静で、頼もしく振る舞っていた、委員長。みんなの意見をまとめて、的確に対処し、安心を与えていた彼の——それは、弱音の吐露《とろ》だった。

「この夢ノ咲学院は『アイドルの、アイドルによる、アイドルのための学び舎』だと、説明したな。だがその表現は、正確ではない」

私だけが、聞いていた。聞こえていたのだ、意識は曖昧《あいまい》だったけれど。

きっと私はそれを聞かないふりをして、耳を塞《ふさ》いではいけないのだ。何もできない、私だけれど——せめて、心のなかに彼の弱気を受け入れないと。

「実際は、『よいアイドルの、よいアイドルによる、よいアイドルのための学び舎』だ。よくないアイドルは、俺たち劣等生は、ここでは永遠に日の目を見ない」

北斗くんは、懺悔《ざんげ》するみたいに語る。

「先ほどの騒ぎが、そんな現在の夢ノ咲学院を体現している。夢を見て、野望を抱き、無数のアイドルたちがこの夢ノ咲学院に入学してくる。たっぷりの愛情と、血と汗のにじむ努力を重ねれば、きっと花開く夢を携えて——だが、その夢は叶わない」

残酷な、現実の話をする。

夢と希望に満ちあふれているはずの、アイドルたちの学び舎で。

「期待は裏切られ、研鑽《けんさん》は顧《かえり》みられず、個性や大事にしているものは否定され、学院が規定する『理想のアイドル像』に均《なら》される。この学院は、たしかに優れたアイドルを輩出《はいしゅつ》しつづけている。だがそれは、家畜のように遺伝子操作され——豚小屋に繋がれた、人間味のないアイドルだ」

優れたアイドルを量産するための、工場。学び舎としては、それは正しいのかもしれない。けれど彼らはアイドルになるために、人間性を殺される。

「商売としては、それでいい。業界が求める規定値に達していて、従順であれば、金は稼《かせ》げる。だが俺たちが胸に宿した夢は、心はどうなる？　家畜の餌《えさ》になるだけだ——俺たちは、踏みにじられ、豚の餌になる雑草だ！　そして、誰もそれに疑問を抱かない！」

項垂れた北斗くんの指先が、彼自身の膝頭を握りしめる。骨が、彼の人間性が軋《きし》む音がしている。当て所のない義憤《ぎふん》は、絶望は、彼自身を傷つけている。

「否、逆らって抵抗しても、先ほどのドリフェスのようにひねりつぶされる。非公式の野良試合は徹底的に弾圧され、公式のドリフェスでも八百長《やおちょう》が常態化されている」

八百長――いかにも芸能界らしい、テレビらしいといえばそれまでだけれど。

「勝つべきものが、勝つ。舞台の幕が開く前に投票数は確定しており、『学院に都合のいいアイドル』の勝利のために、すべてがお膳立《ぜんだ》てされている。現在の公式ドリフェスでは、圧倒的な権力をもつ生徒会の個人か、その所属する『ユニット』しか勝利できない」

みんな、一生懸命がんばっているのに。

夢を追い求め、羽ばたくために。

誰かを、笑顔にするために。

「誰も、この学院の権力構造の頂点である生徒会には逆らえない。彼らに票をいれる、従順な下僕としてしか、存在をゆるされない。生徒会に歯向かえば、この学院では生きていけない……。だが、それでは俺たちの心はどうなる？　素直に『よい』と思ったものに票をいれるのが、どうしてゆるされない？」

ちいさな子供みたいに、北斗くんは『どうして』を繰り返した。

私に尋ねられても、わからない。何も、わからない。正解も、慰《なぐさ》めすらも口にできない。

気の利《き》いた返事もできない、お喋りは苦手だ。けれどそれが、すごく悔しかった。私は、彼らのために、いったい何ができるのだろう。何が、言えるのだろう。

「感動することすら、ゆるされないのか？　教科書どおりのことしか、してはいけないのか？　いちど『劣等生』の烙印《らくいん》を押されたら、永遠に芽をだすことはできないのか？」

北斗くんの嘆きは、疑問の声は虚空に消える。

「この学院では、できない。みんな『前にならえ』をして、偉いひとに頭をさげて、従順でいるしかない。夢は、俺たちの心は、腐敗《ふはい》していくしかない」

この夢ノ咲学院では、それが当たり前なのだ。彼は、ずっとそれに耐えてきた、戦ってきたのだろう。男の子だから、少年漫画みたいに。

けれどフィクションではないから、彼はずっと勝てなくて、踏みにじられて……。澱《おり》のように溜まった絶望は彼を蝕《むしば》み、それを今すこしだけ見せてくれていた。

「俺たちは、そんな夢ノ咲学院の現状を打破し、変えたいと思っている。まだ、何ができるかはわからないが」

北斗くんの声には、涙がにじんでいる。機械ではない、人間だから泣く。悔しくて、嫌で、怒りと哀しみで、絶望で――涙を零《こぼ》す。

私は、楽しいことが好き。

みんなの笑顔が、だぁい好き。

だから、こんなのは――嫌だ。

泣かないでほしかった、笑っていてほしかった。

愚かな私は知らなかった、この瞬間まで。みんなに笑顔を、幸せを届けてくれるアイドルたちが、いったいどれほどの涙を流していたかということを……。涙の海で溺《おぼ》れて、喘いで、誰かに助けてほしくて——私みたいな、どこの馬の骨かもわからない転校生にすら縋ってしまうほどに、追いつめられていたことを。

それなのに彼らは、出会ってからずっと、優しかった。自分たちも苦しいのに、見返りを求めていただけではなくて——期待して、あったかく迎え入れてくれた。慣れない女の子の相手を、せいいっぱい努力して、気遣いながらしてくれた。

いろんなことを教えてくれた、たくさん笑わせてくれた。親切で優しくて——恋してしまいそうなぐらい、有り難《がた》かった。


「俺たちは無力で、敵は強大な学院の権力構造そのものだ」

北斗くんも、いつまでも泣いてはいなかった。強いのだ——目元を擦《こす》ると、拳《こぶし》をぎゅっと握りしめて真っ直ぐに前を見た。

凍《い》てついたような、無表情。すこし見ただけだと取っつきにくい、冷え冷えとした美貌の北斗くんの内側に、触れれば火傷《やけど》では済まないような熱が渦巻いている。

「あっさり踏みつぶされて、それでお終《しま》い——かもしれない。だが、俺たちは戦うと決めた。このままでは、俺たちの心が殺されてしまう」

それを吐息《といき》に、声にして、誓うみたいに彼は言った。会話ではない、これは北斗くんの独白だ。自分自身に、言い聞かせるみたいな口調だった。

私にぜんぶ背負わせるような、そんな無体な要求は、過剰な期待はしていない。最初からそうだったのだ、藁《わら》にも縋る気持ちで私に声をかけたけれど。私は、ご覧の有様だ。何の役にも立たない――だから見捨てるというより、ひ弱な私を巻きこむのを厭《いと》ったのだ。

これ以上、傷を負うことがないように。絶望的な戦場のなかで、勝ち目のない争いに身を投じながら。せめて、たまたま迷子になったようにそこに辿りついてしまった私を、気遣って、置き去りにしようとしている。

「俺だけなら、いい。抑圧《よくあつ》されるのには、慣れている。だが、才能も熱意もあり――努力をしている他の連中が、踏みつぶされるのは我慢《がまん》ならない」

大事そうに、北斗くんは自分と肩を並べる戦友たちの名前を呼ぶ。

「明星は、何も考えてない馬鹿に見えるが……。こんな学院でも空気を読まずに夢を追いかけて、好きなものは好きだって胸を張って言える、清々《すがすが》しい馬鹿だ」

顔をあわせているときは叱ってばかりだけれど、ほんとうは大好きなのだろう。

「だが、誰もそんな明星を理解できず、関わりあいになるのを避けて……。明星は、この学院から浮いてしまっていた。以前の、あいつは――ひとりで笑って歌って踊りつづけている、滑稽《こっけい》なピエロのようだった」

北斗くんは歯噛みして、友達の代わりに怒った。嘆いて、悔しがった。明星くんは楽天的で、あまり怒ったりするところが想像できない——だからこそ自分がせめて、というように身を震わせて怒気《どき》を放っていた。

「あいつみたいに、夢を追いかけることが……。周りのひとを楽しませようって、笑顔を振りまくことすら、ゆるされないなら——この夢ノ咲学院は、地獄《じごく》だ」

俺は絶対に認めない、と北斗くんは吐き捨てた。

「遊木は、望まぬ方面で才能を見いだされ、それこそ偉いひとの言いなりになってそれに従事しつづけていた。心を殺し、思考を放棄して、ロボットみたいに」

自分も壊れかけた機械になってしまったみたいに、途切れ途切れに北斗くんは語る。

あの気さくで明るい真くんが、たまに見せていた虚無的《きょむてき》な目つき——表情、そこにはそんな裏が、哀しみがあったのか。

真くんは、優しかった。馬鹿みたいな冗談を言って笑いながら、みんなのいちばん後ろを——いつでも楽しそうに歩いていた。誰よりも親身に、勝手気ままに振る舞う他のふたりから一歩下がって、戸惑ってばかりの私を気遣ってくれた。

けれどそれは、自分が致命的な傷を負っていたから。

痛みを知っていたからこそ、ひとの痛みまで理解して——優しくしてくれたのだ。

「周囲はそんなあいつを褒めたが、あいつの心はゆっくりと摩耗《まもう》していった。ある日、ついに決壊して……。遊木は、あいつの心は断末魔《だんまつま》の悲鳴をあげて、砕《くだ》け散った」

誰もが傷つき、この戦場で血を流して、けれど吹き飛ばされずに守り通した最後の人間性を高らかに掲げていた。北斗くんも、スバルくんも、真くんも――。

うううん、この夢ノ咲学院のみんなはきっと。

「今のあいつは、そんな心の残りかすを丁寧に拾い集めようとしている。だが周囲は手のひらを返し、そんな遊木を『落ちこぼれの劣等生』と嘲笑《あざわら》っている」

それは、酷い話だった。

人間的になることが、馬鹿にされ否定されることなら、そんな現実のなかで生きていくことはできない。魂を切り刻んで、値札をつけて、売り払わなければ生きていけないならば――それはほんとうに、地獄だった。

この世の地獄のなかで、彼らは互いに支えあって生きていた。

「人間性を否定され、ロボットのように従順に動くことのみを求められるなら……。俺たちに、心なんていらない。だが俺たちは、心のある人間なんだ」

己の心臓を握りしめるようにして、北斗くんは吐露した。

「怒り、泣き笑い、愛し尊《とうと》ぶ、人間なんだ――赤ん坊のころからずっと、誰からも人間あつかいされなかった遊木は、それをようやく学び始めたところだ。そんなあいつの必死な努力を、無意味なことと断じるのは……。馬鹿にするのは、まちがっている」

北斗くんは不安そうに、同意を求めるみたいに私を見る。

「俺はあいつを支え、手を携え、ともに歩みたい。いいや俺たち『Trickstar』は――そんなふうに夢を、生き様を否定されたやつらが徒党を組んだ集団だ」

ふざけてばかりの気楽な集団、みたいに振る舞っていたけれど。自ら血を流し、乾いた大地に枯れかけた花を、夢を咲かせながら必死に生きる男の子たちだったのだ。

『Trickstar』は——私を迎え入れてくれた、彼らは。


「俺たちは、同じ心の痛みと、悲鳴と……。この学院への叛意と疑いを芽生えさせ、結束した仲間だ。この草木も生えぬ砂漠のような夢ノ咲学院で、わずかな瑞々《みずみず》しさを、夢をわけあって寄り添った同胞なんだ」

力強く、北斗くんは立ちあがった。項垂れて、弱音を吐いている場合ではないということを、思いだしたみたいに。前を、高みを目指して、進みつづける。

そうしないと、この理不尽な現実に押しつぶされてしまう。

胸を張って、せめて人間らしく、この夢ノ咲学院で生きていく。

「いつか花咲くことを夢見て、俺たちは未来のために種をまこうとしている。死んだ魚の目をして、偉いやつらに媚《こ》びへつらう。そんなのは——俺たちが入学前に夢見た、憧れたアイドルなんかじゃない！」

魂の叫びを、北斗くんは放った。私は、全身を打たれたみたいに震えあがる。熱い、尊い、その輝かんばかりの気持ちを——迎え入れる準備はまだできていない。

「俺たちは、この腐った学院を革命する。生徒会を、この現状を打倒するために命を賭《と》して戦いぬく」

宣言し、北斗くんはパイプ椅子を丁寧に片付けると、保健室の出口へと向かう。振り向き、目を閉じたままの私を、それでも父のように母のように優しく眺めて。

いちどだけ、頭を撫でてくれた。

大切そうに、壊してはいけないのだというように。

「だが、何も知らないおまえを無理やり仲間に引きこもうとしたのは、まちがいだった。強引に、おまえの都合を、気持ちを考えずに……。それでは、生徒会と同じだ。俺は、藁にも縋るつもりで、焦っておまえに手をのばしてしまった」

すぐに離れて、途方に暮れたように立ち尽くしていた。

北斗くんはそのまま、身じろぎもせずに――もう涙の混じっていない清冽《せいれつ》な声で。

「特別な立場をもつおまえは、俺たちの救世主になってくれるかもしれない。だが、おまえは『ふつうの女の子』でもあるんだよな。その事実を、忘れてはいけなかったのに」

そして、ほんとうに懺悔するみたいに――苦しげに謝ってくれたのだ。

「すまない。振り回して、傷つけて……。ほんとうに、すまない」

謝るべきなのは、私なのに。期待させて、心尽くしを受けて、それでも何も返してあげられない私なのに。声がでない、指先すらも動かせない――私は弱虫だった。

「もう嫌になったなら、それで構わない。見ないふりをして、遠ざかってくれてもいい。

俺たちが勝手に期待しただけだ、裏切られたとは思わない——だが、おまえは『特別な存在』なんだ。俺たちには、おまえが必要なんだ」

私が目を覚まして、話を聞いていたことに気づいているのかいないのか、北斗くんは最後まで優しく告げてくれた。強制もせずに、あくまで私の心を、気持ちを尊重してくれた。

有り難くて、涙すらでない。

「……未練たらしいな。決めるのは、おまえだ。おまえの心が、俺たちの心と共鳴してくれるのを願おう。おまえが俺たちの敵になるのか味方になるのか、赤の他人になってしまうのか——それは、まだわからないけど」

ねぇ北斗くん、私もべつに天国からきたわけじゃないんだよ。

それなら転校などしなかった、逃げだした先に楽園があると期待していたわけではないけれど。

もちろん、北斗くんは提案しただけだ。抱えこんでいた思いの丈《たけ》を、包み隠さずに見せて……。自分が命懸《いのちが》けで戦う地獄の有様を、何もわからない私に教えてくれただけなのだ。

きっと、私が傷つくことのないように気遣って。

その戦場に飛びこむのも、目を逸らすのも、私の自由。

「だが期待している、転校生。おまえが、この閉塞《へいそく》した学院に風穴をあけてくれることを——希望を、花咲かせてくれることを」

あぁ、ほんとうに……。

「おまえは、俺たちが待望していた、かけがえのない夢そのものなんだ」

私は、不思議の国のアリスも吐き気をおぼえて逃げだしてしまうような——とんでもない悪夢のなかに、迷いこんでしまったみたいだ。

実際、ろくでもないところに転校してきてしまったものだ。

Restart

翌日である。

「あ〜……うぇっくしゅ！」

夢ノ咲学院《ゆめのさきがくいん》の職員室にて、私たち二年A組の担任教師である佐賀美陣《さがみじん》先生はいきなり盛大なくしゃみをした。唾《つば》がもろに飛んできて、今日もとんだ災厄《さいやく》に見舞《みま》われる一日になりそうな予感がした。

私は顔をハンカチで拭《ぬぐ》いつつ、遺憾《いかん》であることを表明するために佐賀美先生を睨《にら》んでみた。まったく、蚊《か》に刺されたほども反応してくれなかったけれど。

佐賀美先生は教師にしてはまだ年若い、おそらく二十代後半ぐらいの男性である。ぱっと見の印象はうらぶれたオジサンみたいな感じだけれど、もともと芸能界の至宝《しほう》と呼ばれたトップアイドルだったようで——何だか舞台の役者さんが、がんばって駄目《だめ》な人物を演じようとしてメイクアップしたみたいだ。

童顔で、見目麗《みめうるわ》しく、声も心地よい。

寝癖《ねぐせ》のたっぷりついた、ボサボサ髪。無精《ぶしょう》ひげに、白衣。先生やアイドルというより何かしらの怪しげな研究をしている、博士《はかせ》みたいだ。態度は気怠《けだる》げで、昨夜は深酒でもしたのか目が濁《にご》っている。

ごちゃごちゃと散らかったデスクの正面、椅子《いす》に座るというより仰向《あおむ》けに倒れこんでいる。教師として、というか大人としてどうかと思う態度だ。

生ける屍《しかばね》みたいな雰囲気で、佐賀美先生は鼻のあたりを手の甲《こう》で拭った。

「うう。誰か俺の噂《うわさ》でもしてんのかな、つうか医者の不養生《ふようじょう》だわ。もう寝酒はやめよう、かわいい俺の生徒たちに誓《ちか》う」

まるで誠意を感じない誓いを立てている彼は、保健室の先生でもある。昨日は保健室で休んでいると看病《かんびょう》しにきて、車で家まで送ってくれた。

「ん？　おまえも咳《せ》きこんでんな、転校生。まぁ、おまえの場合はほんとに噂されてんだろ。誰かに。注目の的みたいだしな〜、ええ？　『プロデューサー』ちゃん？」

実際、疲労感がぜんぜん抜けておらず、私は体調を崩《くず》しぎみだった。慣れない環境なので、仕方ないのだけれど。何度か咳きこみ、私は呻《うめ》いた。

佐賀美先生はほんとうに保健室の先生なのだろうか——診察したり気遣《きづか》うそぶりもなく、なぜか面白そうにニヤニヤ笑っている。

「転校初日からやらかしたな〜、おまえ。ずいぶん騒ぎになってんぞ、同僚《どうりょう》からもネチネチ文句言われたし……。うう、胃も痛い。体調不良すぎる、帰って寝たい」

むしろ診察してほしい、みたいに甘えた声をあげてくる。駄目な大人だ……。さすがに呆《あき》れていると、佐賀美先生は情けないそぶりで足を「ぱたぱた」と動かした。

「おまえな〜、担任教師の身にもなってくれよ。病弱な俺を気遣ってくれ、介護してくれよ。むさくるしい男に看病されるよりは、おまえのほうがいいや」

すこし下品に笑ってから、不意に真顔になる。

「女の子だもんな。そう簡単に、馴染《なじ》めないか。うちのアホどもは馬鹿ばっかりやってるけど、無理して付きあう必要はないからな～？」

ちゃんとした態度をとれば驚《おどろ》くほど麗しい、精悍《せいかん》な顔立ちをくしゃくしゃに歪めて――ぽん、と私の肩を叩《たた》いてくれた。

「あぁ、べつに説教してるわけじゃないから。面倒くさいもん、そういう教師っぽいことは……。ただの愚痴だよ、聞き流してくれ。しかし俺が担任でよかったな～、転校生。これが椚《くぬぎ》先生だったら、今日は説教だけで終わってたぞ？」

椚先生――昨日、受けた授業では出会わなかったひとだ。さすがにまだ、教師や他の生徒の名前と顔はぜんぜん覚えきれていない。

「まぁいいや。怪我《けが》もなかったみたいだし、かるい脳震盪《のうしんとう》ってとこ……。精密検査しないとわかんないけど、たぶんどこも問題なし。健康そのもの、若いってのはいいね～？」

カルテを眺めながら、佐賀美先生は吐息《といき》を漏《も》らしている。

私は昨日、昼休みに倒れてからそのまま早退してしまった。だからまだ、夢ノ咲学院についての――ほとんど知らないのだ。それを、自覚する。

ちなみに昨日《きのう》は佐賀美先生が家まで送ってくれたので、どうも先生のファンらしい母がかるく発狂したみたいな反応をしていて、余計に「どっ」と疲れたりした。

「俺、知ってるだろうけど保健室の先生でもあるから。つうかそっちが本職だから、やっぱキツそうだったら無理せず保健室に休みにこいよ」

俯《うつむ》いていると、気遣ってくれたのか佐賀美先生がそんなことを言った。

「つうか俺、ほとんど保健室にいるから。クラスのことは委員長の氷鷹《ひだか》に聞いてくれ、あいつにぜんぶ任せてるから。……氷鷹って、わかるよな？　あの、『真面目』が服を着て歩いてるようなやつ～♪」

氷鷹北斗《ほくと》くんのことは、もちろん昨日の今日で忘れたりなどしない。

北斗くんたち、心配しているだろう。何も言わずに、早退してしまったから。

電話番号などは教えてもらったけれど、昨日に聞いた重たい話をまだ咀嚼《そしやく》できていなくて——電話では、どういうふうに話したらいいかわからなかった。

面と向かってしまえば、逃げ場もなくて、きちんと会話ができそうな気がする。だからこうして、くたびれきった肉体を引きずるようにして登校してきたのだ。

まだ自分の気持ちも整理できずに、うだうだと考えてばかりだけれど。

それでも——私はいちど逃げて、転校して、この夢ノ咲学院にきた。もう、どこにも逃げられない、逃げてはいけない……。でないと一生、逃げつづけるだけで終わってしまう。

「……あいつらに、みょうなことを吹きこまれたかもしれないけど。どう関わるかは、おまえ自身の頭で考えて、心で判断して決めろよ」

佐賀美先生には昨日の出来事を、かいつまんで説明してある。事情を、聞かれたのだ。

最初は貧血《ひんけつ》ですなどと言い訳したのだけれど——顔面に晃牙《こうが》くんの靴跡《くつあと》が残っていたりしたので、さすがに誤魔化せなかった。

「基本的に、こっちからは口ださないから。好きにしろ、俺は生徒の自主性を尊重してるんだ。うん、あと面倒くさい」

ぶっちゃけすぎなことを言って、佐賀美先生はどこまで本気なのか——欠伸《あくび》をしている。

「ある程度なら、見ないふりしといてやる。後始末も、してやるよ。俺も教師とはいえ権力とかないから、たいしたことはできないけどな～？」

目元を擦《こす》ってから、きちんと向きあってくれる。大人——頼もしい教師というより、近所の気さくなお兄さんという感じである。

「こっちに迷惑が及ばないかぎりは、俺はおまえたちの味方だよ。担任教師だからな」

語り口は軽いけれど、何だか私は安心してしまった。

何も解決してはいないのだけれど——味方がいるのは、心強かった。前の学校の教師は厳《きび》しいばかりで、怖かった。だから、良い印象はないのだけれど。

「まぁ、おまえら若いんだし……。壁にぶつかって、それを乗り越えるために努力したり、周りの連中とちからをあわせたり、色々やってみるといいさ。それは俺たちからは教えられない、おまえらの人生における宝物になる」

お説教ではないと前置きしていたけれど、私のためを思って語ってくれているみたいだ。その言葉のひとつひとつを、忘れないように覚えておこう。そこから、始めよう。

「俺みたいな、くたびれたオッサンになってから後悔しても仕方ないから……。若いうちは、好きなことに全力で打ちこめよ。振り返るのは、動けなくなってからでいいんだ」

真面目に喋《しゃべ》っているのが照れくさくなったのだろう、佐賀美先生は頭をボリボリ掻いた。

「な～んてな……。うう、マジで体調が優れないんだけど。悪寒《おかん》がする。ここでさらに面倒事が発生すると、俺は死んじゃう気がするなぁ～？」

ふらつきながらも、佐賀美先生は元アイドルらしい輝《かがや》かしい笑みを浮かべる。

「まぁいいや。青春を楽しめよ、転校生。前のめりで。迷いながらでも、全力でな」

それを見て、私も笑みを返そうとしたけれど──引きつって悲鳴《ひめい》をあげる。

「転びそうになったら、こうして俺がケツにそっと手を添えて支えてやる……あ痛っ、冗談だよ冗談！　誰が、おまえみたいな『ちんちくりん』に欲情するか！」

思いっきりお尻《しり》を揉《も》みしだかれたので、当然の権利として肘鉄《ひじてつ》を食らわせた。

「おぉ、痛ぇ……。意外と凶暴だなぁ、見た目によらず？」

そちらは見た目どおりの、駄目な大人ですね。信頼しかけていた私が馬鹿だった、ほんとうに──赤面して、私は佐賀美先生からやや距離をとった。

「ふん。どうも元気が有り余ってるようだし、これならアホな男だらけの夢ノ咲学院でも何とかやっていけるだろ。たぶん。知らんけど」

てきとうに、佐賀美先生は「ひらひら」と手を振った。

「おっと、そろそろ予鈴が鳴るな。さっさと教室へ行けよ、呼びだして悪かったな。いちおう、転校してから日が浅いうちは何かと連絡事項がおおくてな～？」

不意に思いだしたように、おおきな段ボールを手渡してくれる。受け取ったけれど、ずっしりと重たい。私はいったんそれを床に置き、中身を改める。

「教科書とか、必要なもんだよ。ちゃんと渡したからな、大事に教室まで持ってけよ。まだ足りないのもあるから、そういうのはクラスメイトに借りるなり何なりしてくれ」

入学前に制服とか、あと昨日のうちにもサイリウムとか学生証とかもらったけれど。まだまだ、学校生活に必要なものはあるのだ。

ひとつひとつ、揃《そろ》えていかなくては。

私の夢ノ咲学院での生活は、まだ始まったばかりなのだから。

「クラスの連中と、仲良くな。勉強のほうも、疎《おろそ》かにはしないように。疲れたり怪我をしたら、保健室にこいよ。……え～と、あと何か言っとくことあったっけか？」

まぁいいか、と佐賀美先生は椅子ごと後ろを向いてしまった。

「とにかくまぁ程々に、怪我をしない程度に、青春を楽しんでくれ。俺はいつでも、おまえらを遠くのほうから見守ってるよ。お酒とか飲みながら、てきとうに」

その背中に一礼だけして、私は教室へ向かうことにする。

私の、戦場へ。

✧✧✧

さすがに、二年A組の教室――その扉《とびら》を開くには勇気が必要だった。

教室の前を何往復もして、扉に手を伸ばしては引っこめて、何度か心がめげて帰ろうかと思って――ままよ、と目を瞑《つむ》って思いっきり踏みこんだ。

つらいことを先延ばしにしていても、時間切れですべて失うだけだ。

それならせめて、やれることをやろう。

無駄なちからが入っていたのか盛大な音をたてて教室の扉が開いてしまって、教室中から何事かという視線を送られてしまった。恥ずかしい。

「あっ、転校生！　よかった、ちゃんと登校してくれたんだね☆」

挙動不審《きょどうふしん》な私に、軽《かろ》やかに声をかけてくれるひとがいた。

スバルくんだ。今日も、見ただけで元気になるようなキラキラ笑顔。スバルくん、北斗くん、真《まこと》くんの三人は教室の隅《すみ》っこで肩を寄せあって暗い顔をしていたけれど――私を見て、表情を綻《ほころ》ばせた。

心配してくれていたのだろう、おそらく。

口べたな私は、まともな挨拶《あいさつ》もできずに、スバルくんたちの顔も見られない。目を逸《そ》らしてしまったのがよくなくて、一直線に突っこんできたスバルくんを避《よ》けられなかった。

思いっきり押し倒されかけて、どうにか扉に手をかけて踏ん張る。

「あははっ、もう嫌になっちゃったんじゃないかって心配だったよ！　転校生～☆」

「転校生ちゃ～ん♪」

真くんもつづいて、スバルくんの真似をするみたいに抱きついてきた。大歓迎である──嬉しいけれど、すこし困ってしまう。

「おい、やめろ。ものすごい勢いで転校生に駆け寄るな、胴上げをするな！」

出遅れた北斗くんが、その発言どおりのことをされている私を「おろおろ」と眺める。

胴上げをされたのは、生まれて初めてかもしれない……。

天井近くまで何度も跳《は》ね上げられる私を見て、北斗くんが怒鳴《どな》った。

「おまえらのそういうブッ壊れたようなテンションが、転校生を苦しめている！」

「わかったようなことを言うよね、ホッケ〜。昨日、転校生と保健室でふたりきりで何かあったの？　お互い、わかりあっちゃったの〜？」

私がきちんと登校して安心したのもあるのだろう、スバルくんが冗談めかしてとんでもないことを言っている。

「ずるいぞ、ホッケ〜！　俺たちも、転校生と仲良くしたい！　仲良くするにはスキンシップだっ、わっしょいわっしょい☆」

「わっしょい、わっしょい♪」

「まず胴上げをやめろ、また転校生が目を回すぞ……？」

見た目のわりに腕力があるのだろう、「はいはい」とスバルくんがあっさりと私をお姫さま抱っこした。ほんとうに目が回りかけていた私を、丁寧《ていねい》に床に降ろしてくれる。

「転校生が教室にきてくれたのが嬉しいのはわかるが、あまり振り回すな。もっと、宝物のように丁重に扱え」

北斗くんが腰に手を添《そ》えて、お小言《こごと》を垂れる。

「まぁいい。体調のほうはどうだ、転校生？　やけに、グッタリしているが……。昨日の疲れもあるうえ、無駄に胴上げをされたからな。変な汗をかいてるぞ、大丈夫か？」

何だかむしろ、私はほっとしてしまったけれど。教室に入るまで、いろいろ悩んでいたのが馬鹿みたいだ。

思わず声をあげて笑ってしまって、北斗くんが変な生き物を見るみたいに見てきた。そして仲良く見ざる聞かざるのポーズをしている他のふたりを、ぎろりと睨みつける。

「おまえら反省しろ、アホコンビ。……歯を食いしばれ、おまえらには躾《しつけ》が必要だ」

「おっと。俺らをお仕置きする前に、やるべきことがあるんじゃないの〜？」

「あるいは、転校生ちゃんに言うべきことがね〜？」

反省の色が見えないふたりに肘で小突《こづ》かれて、北斗くんは深々と溜息《ためいき》をつく。

「そうだな。おまえらアホコンビは、自由にさせておくほうが持ち味が発揮《はっき》される。それに、あまり抑圧しては生徒会と同じだな——腹立たしいが、お小言は後回しだ」

そして浮かれた雰囲気《ふんいき》を帳消しにするみたいに、冷え冷《び》えとした無表情になった。

真正面から、私を見据《みす》えてくる。

「転校生。おまえの、率直な意向を聞きたい」

大事な話を、してくれるつもりだ。昨日——保健室で見せた弱々しさが嘘《うそ》みたいに、威厳すら漂《ただよ》う態度である。しっかりものの委員長に、私も向きあった。

きちんと気持ちを、伝えないと。

お喋りは苦手だけれど、せめて態度で示さないと。

「もう俺たちに関わるのは嫌だ、平穏《へいおん》に暮らしたい、というなら構わない。俺たちは今後、おまえに干渉しない。できるかぎり、迷惑をかけないと誓う」

こちらが怯《ひる》むほど真面目に、北斗くんは宣言してくれる。

「だがもしも、すこしでも俺たちに手を貸してくれるつもりがあるならば——歓迎する、心から。おまえの意図を尊重し、もう二度と傷つけぬように守ってみせる。身体《からだ》を張り、命を懸《か》けてでも。おまえのことは、俺が守る」

「堅苦しいなぁ、プロポーズしてるんじゃないんだからさ？」

そんな友達のことを呆れたように横目で見て、スバルくんがお気楽に笑った。

「べつに生徒会と敵対しようが、命までとられるわけじゃないんだし。気楽に、『いっしょに遊ぼう』って感じでいいんじゃない？」

「生半可な覚悟で関わっては、お互い不幸になるだけだ。生徒会には、容赦《ようしゃ》がない。俺たちの仲間だと思われれば、転校生にも累《るい》が及《およ》ぶ」

融通がきかず重たいけれど真剣な北斗くんと、どこまでもノー天気だけれど自由なスバルくんは——何だかとても良いコンビに思えた。ひとりだけ、会話に加われていない真くんが寂《さび》しそうにしているのが気になるけれど。

そちらには言及《げんきゅう》せずに、北斗くんはほんのりと微笑《ほほえ》んだ。

「とはいえ、そうだな。俺はどうも、いつも余裕がなさすぎる」

「そこがホッケ～の良いところだけどね、もっと柔軟《じゅうなん》にいこうよ。笑って笑って～？俺はどうも、暗くて重たい雰囲気だと息苦しくなっちゃうんだよね！」

体重がないみたいに跳ねると、スバルくんが私に顔を近づけてくる。

「まぁ、最初は気軽に様子見～って感じでいいからさ。できる範囲で協力してくれたら嬉しいな、転校生。それだけでも、すっごい助かるからさ☆」

どうしてこの子は、不用意に距離を近づけてくるのだろう……。手首のあたりを摑まれて、舞踏会のようにステップを踏まされる。

「まずは楽しもうよ、笑顔でさ。笑う門には福来たるよ～、たぶんね♪」

「そうそう。もし生徒会からのお咎《とが》めがあっても――転校生ちゃんは関係ないって、ばっくれちゃってもいいからね」

ようやく遅まきながら意見を述《の》べて、真くんが私の心をすこしだけ軽くしてくれる。

「つまり衣更くんと同じ、いわば『遊軍《ゆうぐん》』ポジション？」

「衣更のように、軽い気持ちで関わり始めたらズブズブと底無し沼《ぬま》……。みたいな感じになるかもしれないが、まぁいい」

すこし怖いことを言いながら、北斗くんも真くんの意見に頷《うなず》いている。

「転校生。おまえがいるだけで、俺たちには希望が宿る。戦える、この現状に抗《あらが》おうという気概《きがい》がわいてくる」

私と密着しているスバルくんの肩を摑《つか》んで後ろに下がらせて、北斗くんが前にでてくる。

一生懸命に、気持ちを伝えてくれる。

「だからとりあえずは、おまえがちゃんと登校してくれただけで嬉しい。ほんとうに、嬉しい。ありがとう、転校生。今は、それだけで充分だ」

こちらこそ、嬉しかった。涙がでるぐらいに。

こんなにも私を大事にして、過大評価して、待っていてくれた。昨日からずっと、私が嫌になって登校しないことを恐れて。不安がって、案じてくれていたのだ。

「それよりも、もうじき予鈴が鳴る」

いろいろ気持ちがごちゃ混ぜになって何も言葉を返せない私に、ゆっくりでいいぞ、みたいに微笑《ほほえ》んで北斗くんが委員長らしいことを言った。

「授業の準備をしろ、おまえら。生徒会への叛逆《はんぎゃく》、という俺たちの使命については……。昼休みや、放課後などに話しあおう」

「え～？　授業めんどい！　ずっと遊んでいたい、お勉強よりテロリストごっこのほうがいいよ～！」

物騒なことを言うスバルくんの後頭部を、北斗くんが丸めた教科書ではたいた。

「それが本音か、明星。学生の本分は勉強だ、転校生も授業には不慣《ふな》れだろう。俺たちで、万全にサポートしよう」

率先《そっせん》して席に腰掛けると、目線で私の席を示してくれた。自分の席がどこだったか忘れかけていたので、細かい配慮《はいりょ》に痛み入る。

「教科書などは揃っているか、転校生？　足りないものがあるなら言え、貸してやる。わからないことがあったら、何でも俺に聞いてほしい」

頷いて、私は廊下に置きっぱなしにしていた——先ほど職員室で佐賀美先生に手渡された段ボール箱を、取りに行く。ちょこまか動いて、スバルくんと真くんが手伝ってくれた。

「ではおまえら、着席しろ。教師がくる、授業が始まるぞ」

北斗くんが手を叩き、何事かと眺《なが》めていた他の生徒たちにも呼びかける。

「夢ノ咲学院での、新しくも『いつもどおり』の一日を始めよう」

同時に予鈴が鳴って、廊下で待機していたらしい教師が早足で入室してくる。夢ノ咲学院の授業はかなり厳しい生存競争だ、みんな真面目な顔になって授業に備える。一秒も無駄にできない、お勉強の時間だ。

私も段ボールを開封してなかみを取りだしながらも、昨日から頭のなかにくすぶっていた憂鬱《ゆううつ》な曇り空みたいな気分が——綺麗《きれい》さっぱり、消えているのに気づいた。

今日は、好い天気だ。

そんな具合に、私が平和に授業を受けていたころ。

夢ノ咲学院の一角、軽音部の部室に――野獣の吠《ほ》え声のようなものが響いていた。もちろん私は知るよしもない、これも後から聞いた話である。

早朝だというのに、窓に暗幕が降ろされていてほとんど真《ま》っ暗闇《くらやみ》だ。平穏な朝を迎えたこの世界に、真っ向から反旗《はんき》を翻《ひるがえ》すみたいに。それだけでも異様なのだけれど、なぜかドラムやギターなどの楽器の隙間に――棺桶《かんおけ》が置かれている。

どこか背徳的というか意味不明な景観のなか、大神《おおがみ》晃牙くんが全力で喚《わめ》いていた。

「ううう！　があああああ！」

昨日、【龍王戦《りゅうおうせん》】で紅郎《くろう》さんにこっぴどく痛めつけられたりしたせいか、生徒会から逃げるときに乱闘でもしたのか転んだのか――包帯や絆創膏《ばんそうこう》が目立つ。それを鬱陶《うっとう》しそうに指で引っ掻きながら、八重歯をぎりぎり軋《きし》らせて苛立《いらだ》っている。

壁をガンガン蹴《け》って、どうやら授業をサボっているらしい彼はひたすらギターをかき鳴らしていた。怪我が痛むのか、うまくいかないようで、さらに苛々《いらいら》する。

その行き場のない怒りを、咆吼《ほうこう》にして周りのぜんぶにぶちまけていた。

「クソがっ、クソがぁ！　ここは、肥溜《こえだ》めかぁああ⁉　鼻がひん曲がりそうだぜっ、どいつもこいつも腐りきっちまってよう！　あぁああ！　鬱憤《うっぷん》が溜まって爆発しちまう、誰か俺様の苛立ちを吹き飛ばしてくれよ！　頼むから！」

頭を激しく揺すって、がむしゃらに演奏している。

「【龍王戦】でよう、ストレス発散できるかと思ったのによう！　けっきょく、八つ当た思いだしただけで腹が立つ、空手部の鬼龍《きりゅう》めうりもできやしなかったぜ！　うがあああ！　思いだしただけで腹が立つ、空手部の鬼龍《きりゅう》め！　生徒会め……！」

軽音部の部室は完璧に防音構造になっているらしく、授業中だというのに騒いでいるのに誰も注意しにこない。夢ノ咲学院は専門学校のようなものだし、授業は厳しいけれど……。そのぶんやる気がなかったり──ついていけない落ちこぼれを、いちいち無理やり首根っこ摑んで出席させたりはしないのだろう。

「どいつもこいつも、八つ裂きにしても足りね～よ！　むしゃくしゃする！」

騒ぎながら爆音を轟《とどろ》かせる晃牙くんを、眺めている奇妙な人影がある。

「うわあ。荒れてるね～、大神先輩」

「くわばらくわばら、触らぬ大神先輩に祟《たた》りなし」

まったく同じ声、ほとんど同じ口調──誰かの独り言のようだが、どうやらちがう。ひたすら荒れ狂っている晃牙くんを遠巻きに見守り、暗幕の降ろされた窓際で仲良く並んでいるのは、双子であった。

どちらがどちらか、見分けがつかない。瓜《うり》二つだ。先ほどの発言も、どちらがどちらを口にしたのかわからない。そういう種類の人形みたいに、姿勢まで同じだった。

男の子にしては長い髪。まちがいさがしのように、ほんのすこしずつヘッドフォンの色や、わずかな表情のみに差異がある。学年ごとに色分けされた制服のネクタイは、どちらも赤色である。一年生だ、だから晃牙くんを『先輩』と呼ぶのだろう。

「どったの、あれ？　大神先輩、何かあったの〜？」

どちらかが疑問の声をあげて、どちらかが首を傾げる。記憶まで共有されているのではないかと疑わせるほどよく似た双子だけれど──当然、そんなわけがないのだ。

ひとりの疑問を、もうひとりがすこし考えてから解消する。

「詳しくは知らないけど、昨日の野良《のら》試合で派手に負けたらしいよ？」

「あぁん？　負けてね〜よ！　没収《ぼっしゅう》試合だあんなもんっ、中途《ちゅうと》はんぱで終わったから鬱屈《うっくつ》して仕方ね〜んだよ！」

双子は小声で会話していたのに耳聡《みみざと》く聞きつけて、晃牙くんが嚙《か》みつくように吠えた。

「俺様の胸は張り裂けそうだっ、うがぁああ！　鬼龍にやられたところが疼《うず》くっ、あいつを引き裂いてやらないとこの傷は癒《い》えね〜ぞ！」

「壁を蹴らないで〜、先輩。うちの学院はアイドル稼業のほうにお金かけてて部活は『おざなり』だから、あんまり予算をもらえないんですよ」

激しく八つ当たりをしている晃牙くんを、双子のどちらかが注意して、もうひとりのほうが補足するみたいに「うんうん」頷《うなず》きながら言葉を重ねる。

「部費とかもうカツカツなんで、壁が壊れても修繕《しゅうぜん》できませんから」

「楽器も、自前のを使ってるしね。……ってか大神先輩がかき鳴らしてるの、アニキのギターじゃない？」

「あっ、ほんとだ！　ちょっと、勝手にひとの楽器を使わないでって言ってるでしょ？」

アニキと呼ばれたほうが、泡を食って立ちあがり文句をつけた。後から聞いた話だけれど、この双子の兄のほうは葵《あおい》ひなたくん、弟のほうは葵ゆうたくんというらしい。一卵性《いちらんせい》の双生児《そうせいじ》なのだろう――それにしても、よく似ている。

兄のひなたくんを人殺しみたいな目つきで睨むと、晃牙くんはむしろ挑発するように、さらに派手にギターをかき鳴らす。

「うるせ～よ、おまえらのものは俺様のもの！　俺様のものは、俺様のものだ！」

昨日――【龍王戦】は、かなり混沌《こんとん》とした状況のなかでお流れになった。そのどさくさで、晃牙くんはエレキギターを落っことしたのではないか。あるいは、破損してしまったのだろうか。

ゆえに仕方なく、ひなたくんのギターをかっぱらって勝手に使っている。

「つうか、どっちが喋ってんのかわかんね～んだよ双子！　苛々するっ！　同時にでてくんな、ややこしい！　どっちか片方だけで、充分だろうが！」

かなり酷《ひど》いことを言われているけれど、慣れているのだろう――比較的、兄より冷静そうな弟のゆうたくんが、機嫌も損ねずに「やれやれだぜ」みたいな仕草をした。

「そんなこと言われても……。というか、あんまり騒ぐと朔間《さくま》先輩が起きますよ？」

朔間、という名前にむしろ奮起し、晃牙くんはこれまで以上に不愉快そうな顔になる。

どうも、その名前は彼にとっての逆鱗《げきりん》らしい。

「知るか！　何で俺様があんな吸血鬼ヤロ～に気を遣《つか》ってやらなきゃいけないんだよ、ああん？　文句があるならかかってこいよ、ふたりまとめて相手してやんよ！」

「俺らにまで、噛みつかないでくださいよ～。血の気がおおいなぁ、大神先輩は」

「朔間先輩に、ちょっと血ぃ吸ってもらったほうがいいんじゃない？」

双子が同時に、先ほどから部室の真ん中で存在感を主張していた奇妙な物体——棺桶を、そっと眺めた。怖々と、けれど何かを期待するように。


「呼んだかのう、軽音部の愛し子たちよ～♪」

どこか惚《とぼ》けた響きの、聞くものの魂《たましい》に絡《から》みつくような気怠げな声だ。

同時に棺桶の蓋《ふた》が、内側からゆっくりゆっくり押し上げられていく。

古き良きホラー映画のようだけれど、それを見つめる双子は目を輝かせて喜んだ。ふたり手をあわせて、元気よく挨拶する。

「あっ、起きた。おはようございま～す、朔間先輩！」

「ていうか。今の今まで、よくこの騒音のなかで寝てられましたね……？」

呆れるゆうたくんの呼びかけに、棺桶のなかから応じる声がある。

「くくく。まだ『おねむ』の時間じゃからのう、このまま昼まで熟睡《じゅくすい》したかったのじゃが……。ほら、我輩《わがはい》って吸血鬼じゃからのう♪」

不思議なことを言いながら、棺桶の蓋を横にずらして——奇妙な人物が姿を見せる。のろのろと上体を起こして、大欠伸。その口元に、鋭く尖《とが》った犬歯が垣間見えた。

ほんとうに、吸血鬼そのものである。

やや不健康そうながらも、町で十人とすれちがえば十人すべてが振り向くような、そのうち何人かはふらふらと近づいてしまいそうな——奇妙な吸引力のある美貌《びぼう》だ。血のごとき、深紅《しんく》の瞳。寝癖なのかお洒落《しゃれ》なのかわからない、ゆるく波打った闇《やみ》色の長髪。

夢ノ咲学院の制服を着ているけれど、学生らしさを主張しているのはその程度——名画のなかから抜けでてきたような、どこか古風な麗人《れいじん》である。

これも後から聞いた話だけれど、彼の名前は朔間零《れい》。

私たちの運命をおおきく左右する、この奇人変人の掃き溜めのごとき夢ノ咲学院においても最も珍奇《ちんき》で高名な——『三奇人』のひとりである。

黙っていれば息を呑むような麗《うるわ》しさなのだけれど、仕草はどこか間が抜けている。

彼は眼鏡を探すように虚空に手をのばし、きょろきょろ周囲を眺めたりして、あきらかに寝惚けている。熟睡していたのだろうか、棺桶のなかで……。何度も欠伸を嚙み殺して、間近でお利口《りこう》さんにしている双子を見ると、ゆったり両目を瞬《しばたた》かせた。

どこか老人めいた口調、態度で、零さんはおかしなことを言い始める。

「おやあ？　葵くんが、二人いるような気がするのう……？」

「俺らはもともと二人いますよ、双子なんですから。寝惚《ねぼ》けないでください、朔間先輩」

「先輩、気つけに冷たい水とか飲みます～？　どうぞどうぞっ♪」

「いつもすまんのう、葵くん。あぁ、冷たい水が身体の奥まで染み渡るのう……♪」

素早く動いてお冷《ひ》やを差しだしてくれる双子に、きちんとお礼を述べると、零さんはやっぱりのんびりと——ゆっくりゆっくり、それを飲んだ。

禍々《まがまが》しいとすらいえる見た目に反して、どこか要介護高齢者のようである。

「うがあああ！　呑気《のんき》にしてんじゃね～よ、和《なご》むな！　ぶっ殺すぞ！」

のほほんとしている空気を切り裂くように、晃牙くんがギターをかき鳴らした。棺桶に収まったまま上体のみを起こした零さんを、忌々《いまいま》しそうに睨んでいる。

「何じゃい、けたたましい。我輩わりと寝起きがよくないから、近くで騒がれると頭痛がするんじゃけども……？」

ようやく水を飲み終えて、満足そうにおくびを漏らすと——。

零さんはほとんど暴れ回っている晃牙くんを、優雅に手招きした。

「よぉしよし。ずいぶん放ったらかしにしとったからのう、寂しかったんじゃろ？　おいでおいで、わんこ。ボールを、投げてやろう……♪」

「わんこって呼ぶな！　俺様は犬じゃね～よ、誇り高き狼《おおかみ》なんだよ！」

棺桶からゴムボールを取りだした零さんに、挑発されていると思ったのだろう——晃牙くんがあっさりプッツンした。ギターを床に叩きつけて、棺桶に向かってずかずかと大股《おおまた》で歩み寄っていく。顔を近づけて、キスできそうな距離で威嚇《いかく》した。

「つうか寝起きから中二病キメちゃってんじゃね〜よ、何が『我輩』だ鬱陶しい！　吸血鬼ならよう、それらしく棺桶のなかに永遠に引きこもってろよ！」

「おぬしの『俺様は狼』云々《うんぬん》も、わりとキマってると思うけどのう〜？」

毛ほども動じずに、間近から晃牙くんを眺めて零さんは太平楽《たいへいらく》に構えている。

「よしよし、可哀想なわんこ。知っておるぞ。鬼龍くんにいじめられて、尻尾《しっぽ》を巻いて逃げ帰ってきたのじゃろ？」

ずっと棺桶のなかで眠っていたらしいのに、なぜか外界での情報を知っている——安楽椅子探偵のように。

「あの鬼っ子は火中《かちゅう》の栗《くり》じゃ、迂闊《うかつ》に触れると大怪我するぞい。生徒会なんぞより、よっぽど危うい。噛みつく相手をまちがえたのう、わんこ？」

寝直すつもりなのか、ゆるく仰向けになると両手を広げてウェルカム。

「ほぉれ、泣きべそをかいておらんでこっちにおいで。優しい我輩が慰《なぐさ》めてやろう、良い子良い子してやろう……♪」

「ぶっ殺すぞ、テメ〜！　百回殺したあと、さらに百回殺してやんよ！」

晃牙くんが逆上して、棺桶をガンガン蹴りつけている。

そんな光景を見慣れているのだろう、双子はまるで気にせずにのほほんと語っていた。

「しかし訳知り顔ですけど、朔間先輩も昨日のドリフェスを見てたんですか？」

「相変わらずの、地獄耳ですね～？」

「くくく。我輩は何でも知っておるよ、この学院のことなら何でも」

奇妙なことを言うと、零さんはさすがに鬱陶しかったのか棺桶を蹴る晃牙くんの足を摑んだ。不健康そうな見た目に反して腕力があるらしく、晃牙くんが転倒しそうになって、慌てて飛び退《の》いた。

それを、かわいいものでも見るように眺めて――零さんは棺桶のふちに手を添えてほんのり横寝の姿勢で、有閑《ゆうかん》な貴婦人めいたリラックスした態度をとる。

「しかしまぁ……。あまり勝手な振る舞いはせんでおくれ、わんこ。生徒会に目をつけられるのは、あまり愉快ではないんじゃがのう？」

「テメ～が不甲斐ないから、俺様が暴れてんだろうが！　動けよ、ちょっとは！　頼むからよう！」

晃牙くんが食ってかかるみたいに、また零さんに懲《こ》りずに顔を寄せる。文句をつけているというより、駄々《だだ》っ子が親に懇願《こんがん》するみたいだ。

「あんたもよう、うちの学院が『このまま』でいいなんて思ってね～だろ！　あぁん!?」

「気持ちはわかるが、冷静になれわんこ。我輩は『三奇人』の一角じゃ、迂闊には動けんのじゃよ」

不思議な単語を口にして、零さんはやる気がなさそうに手を「ぴらぴら」と振った。

「『三奇人』と生徒会が全面戦争にでもなれば、踏みつぶされるのはこちらじゃよ。かつて『五奇人』と謳《うた》われ栄華《えいが》を誇った我らも、二人が欠け、我輩以外の現役二人も自由気ますぎて手綱《たづな》はつけられん」

どこまでも他人事みたいに、大欠伸までしていた。

「我輩だけで抗っても、盤石《ばんじゃく》なる生徒会にひび割れすらいれられんしのう。平和がいちばん——息苦しかろうと平和は平和じゃ、それを甘受《かんじゅ》しようではないか。のう、わんこ？」

ぽん、と間近で唸《うな》っている晃牙くんの頭を撫でて、にこやかに問うた。

「ところで、今日のご飯はまだかいのう……？」

「ボケてんじゃね〜よポンコツ、このままでいいわけがね〜だろ⁉　反体制こそがロックン・ロールの神髄《しんずい》だ、俺様はひとりでも生徒会とやりあってやんよ！」

首を振って零さんの手を振り払うと、晃牙くんはいきり立つ。それを「まぁまぁ、落ちつけというに」となだめながら、零さんが野獣じみて目を細めた。

「まだ時機ではない、この学院の現状を『つまらん』と思っておるのは我輩も同じじゃ。いつでも動けるよう——準備万端、整えておるつもりじゃよ？」

一瞬だけ彼が放った威圧感に、騒いでいた晃牙くんが息を呑み押し黙った。

そんな彼を愛おしそうにまた撫《な》で撫でしながらも、零さんは悠然《ゆうぜん》と語るのだ。

「幸い、この学院は動乱の種を抱えておる。廃墟のごとく夢が消え失せたこの学院を覆《おお》い尽くすほどの、大輪の花が咲こうとしておるのじゃよ。それが芽吹く瞬間が、我輩たちの待望した好機じゃ。夜になるのを待て、わんこ」

薄暗い軽音部部室の真ん中、棺桶の底で吸血鬼と呼ばれた青年は牙を研《と》いでいる。邪悪な気配が、どろどろとした血液のような悪しき波動が――貧弱そうに見える零さんの全身から、溢れているみたいだ。

その頭蓋骨《ずがいこつ》のなかでどんな禍々《まがまが》しい思惑が醸造《じょうぞう》されているのか、神さますら知らない。

「なぁに、必ず陽は沈《しず》み夜がやってくる。永遠に絶頂で輝く太陽など、ない。我輩たち闇の眷属《けんぞく》が動くに適した、混沌たる夜を待ちわびよう。くっくっく♪」

「あぁん？　どういうことだよ、わかる言葉で喋りやがれよ！」

すこし落ちつきを取り戻した晃牙くんの問いに、零さんはやっぱり呑気ともいえる態度で呵々大笑《かかたいしょう》する。

「くくく。おぬしにもすぐにわかる、いまが『嵐《あらし》の前の静けさ』であることがのう。それよりも――ちと興味があるのでのう、噂の転校生とやらの顔を見ようと思っておるのじゃが。どうにか、会合がもてぬかのう？」

「転校生……って、あの女か？　あの、アホの明星《あけほし》と一緒にいたやつ？」

「うむ。葵くんたち、すまんが転校生とやらをつれてきてくれんか。そやつがどんな人物か、品定めしておきたい」

遠巻きに見守る双子に呼びかけて、奇人はぼんやりとまた寝直す姿勢になる。

「わんこが非礼を働いたようじゃし、お詫《わ》びもせんといかんからのう――丁重にな。場合によっては、転校生とやらはこの学院で最も価値のあるお宝じゃ。失礼があっては困るぞい、剣呑《けんのん》剣呑♪」


それだけ言うと、棺桶の底にある枕に突っ伏して、目を閉じる。

棺桶の蓋が、ゆっくりと閉まっていく。


授業が一段落したことを告げる鐘《かね》の音が、どこか虚無的に響いている。

うわんうわんと頭のなかで反響するそれを聞くともなく聞きながら、私は机に全身を投げだすようにして突っ伏している。疲れた……。口から、魂がでそうだ。

もちろん、私は軽音部で交わされていた不穏な会話のことなど知るわけがない。

ひたすら授業についていく——ついていけてはいないけれど、とりあえず参加するだけで体力を使いきっていた。この調子だと、冗談ではなく再び保健室に直行である。

やはりどこまでも過酷で、転校生に優しくないカリキュラムだ。

あまりにも私が途方に暮れたような顔で放心してばかりなので、噂の椚先生とやら——眼鏡《めがね》をかけた神経質そうなひとだった——彼が気遣って、北斗くんを私につきっきりにしてくれた。わからないことは何でも彼に質問するように、と。

おかげで自然に会話を交わすことになり、いくつかの授業をともに乗り越えることで、ぎこちなさ——遠慮のようなものがなくなってきた。

北斗くんは勉強ができる優等生らしく、私というお荷物を抱えていても授業にすんなりついていった。そんな彼だからこそ、椚先生は付き人（？）に選んだのだろうけれど。

北斗くんは私を言葉すら喋れない赤ん坊みたいに判断したようで、一から十までぜんぶ懇切丁寧に説明してくれた。

おかげでどうにか何となく、ふんわりと──見慣れない『声楽《せいがく》』やら何やらの教科でだいたい何を学ぶのか、ぐらいの方向性は摑めたと信じたい。いまだに教科書には異世界の言語が並んでいるし、授業の最後に必ずある小テストでは惨敗《ざんぱい》だったけれど。

慣れなくてはいけない、早く。前の学校でもそんなに勉強ができるほうではなかったのだけれど、ジャンルがちがうというか──手も足もでない。

私は特殊な立場なので、落ちこぼれでもそうそう退学などにはならないだろう。とはいえ駄目な子、できない子あつかいされつづけるとさすがに心が折れそうだ。

「昼休みだ、転校生」

すっかり私の保護者みたいになってきた北斗くんが、声をかけてくれる。

「飯を食いつつ、今後の方針について話しあおう」

「授業すっごい疲れたよ〜、ホッケ〜☆」

ぜんぜん『疲れた』ように見えないスバルくんが、私を揺《ゆ》すって起こそうかどうしようかと迷って手をだしたり引っこめたりしていた北斗くんに、砲弾《ほうだん》のごとく飛びついた。

倒れそうになり、北斗くんはぎりぎりで踏ん張って嫌そうな顔をする。

「無意味に抱きついてくるな、鬱陶しい。スキンシップが過剰すぎるぞ、犬かおまえは？」

「べつにいいじゃん、減るもんじゃないし～？」

信じられない動きで北斗くんの首に手を回したまま「ぐるん」と一回転、華麗《かれい》に着地して、スバルくんが遠慮なく私の頭をポンポンと叩いた。

「それより転校生、どうだった～？　夢ノ咲学院での、初めての授業は♪」

正確にいえば昨日もお昼までは授業を受けていたから、『初めて』ではないのだけれど——訂正《ていせい》する元気もなく、私はう～とかあ～とかゾンビみたいな声をだしてしまった。

「あぁ、転校生ちゃんもグッタリしてる。病みあがりなうえに、ふつうの学校とは授業が『まるっきり』ちがうもんね～？」

眼鏡を外して目薬をさしていた真《まこと》くんが、手足を思いっきりのばして授業が終わった解放感に酔いしれている。換気のために開け放たれた教室の窓から風が吹き込み、彼の柔らかな亜麻色《あまいろ》の髪を、ふわふわと揺らしている。

「僕も、ついてくだけで精一杯。親近感をおぼえちゃうな～、転校生ちゃんには。ふっふっふ♪　これならテストで、悲願の『最下位からの脱出』ができるかもしれない！」

「遊木《ゆうき》も、もうちょっとがんばれ。わからないところがあるなら、教えてやるぞ？」

北斗くんが呆れたように言うので、真くんは眼鏡をかけながら苦笑いした。

「でもね氷鷹くん——勉強ができないやつは、どこがわからないのかもわからないんだよね～、転校生ちゃん？」

そのとおりです、真くん。

「転校生は、不慣れなぶん仕方ないが。おまえは、もうちょっと勉学に励《はげ》むべきだ」

「あはは☆　眼鏡かけてるのにアホだと、通常の三倍ぐらいアホに見えるよ～？」

北斗くんとスバルくんに言いたい放題に言われて、真くんがくちびるを尖《とが》らせた。

「うぅっ、明星くんの裏切りもの！　僕たちは、『アホコンビ』だろう？　何で授業とかテストとかでは優等生なのっ、天才め～！」

「ん～。成績なんか実際のアイドル活動とは関係ないじゃん、気楽にやれば？」

スバルくんは一瞬だけ遠い目をしてから、私の頭をよしよしと撫でてくれた。

「だけど転校生って『プロデュース科』なのに、俺たち『アイドル科』と同じ授業を受けるんだね～？」

「そう言っただろう、昨日。おまえは、ひとの話はちゃんと聞け」

落ちつきなく動き回っているスバルくんの首根っこを、北斗くんが摑んだ。

「『プロデュース科』は、突発的に新設された学科だ。まだ教師も教科書も、授業内容も、何もかも用意されていない。そのうち、準備が整うだろうがな」

「そっかぁ。転校生が早めに敏腕『プロデューサー』になってくれたら、俺たちも助かるんだけどな～☆」

「逆に言えば、転校生は『プロデューサー』としては素人だ。スキルを身につける機会も、まだない。そっち方面でおおくを期待するのは、彼女にとって酷《こく》ではあるだろう」

「俺たちだって道半ばだし、やろうとしてるのは夢ノ咲学院では始まって以来の難事だからね〜。何をどうしたらいいかわかんないよね、攻略本がほしいな」

「うむ。指針というか、道標《みちしるべ》というか——アドバイザーがほしいな。『手取り足取り教えてほしい』などと、高望みはしないが」

ふたりの会話を聞くともなく聞いている私に、北斗くんが補足するみたいに言った。

「こっちに進めばいい、という確証がほしい。それが得られなければ、最初の一歩を踏みだすのも難しいからな」

「う〜ん。誰か『できるひと』が、俺たちのアドバイザーになってくれたらいいんだけどね？」

飲みこみが早いスバルくんは、あっさり言わんとすることを理解して同意する。

「ぜんぶ自分たちだけで考えて行動するのも、不可能じゃないけど。それじゃあ、時間がかかって仕方ないよ〜？」

「教師に頼るわけにもいかないしね、この場合。生徒会は、夢ノ咲学院が公式に任命した生徒の代表だもん。学院は、教師は基本的に生徒会の味方をする」

真くんが私より早く回復して、教科書などを片付けると立ちあがる。歩み寄ってきて、会話の輪にくわわった。私の頭越しに、かなり物騒《ぶっそう》な議論が交わされている。

「生徒会の顧問である椚先生は論外としても、佐賀美先生にも頼れんだろうな。いろいろ便宜を図ってもらっているのに、これ以上の迷惑はかけられん」

椚先生は、生徒会の顧問《こもん》らしい。今のところ、親切な先生という印象なのだけれど。北斗くんたちは、生徒会と対決して、この学院を革命するつもりなのだから。

生徒会には、学院側には——教師などには頼れない。

自分たちで、何とかするしかない。昨日、北斗くんが語ってくれたことが事実ならば、他の生徒たちも非協力的だろう。骨の髄《ずい》まで家畜《かちく》のように、強大な権力者である生徒会などに屈服している。そんな現状に、不満を抱くひとたちもいるだろうけれど。

北斗くんたちの、ように。

私は彼らに、せめて哀《かな》しい涙を流させないように……。何とか手伝ってあげたいけれど、授業にすらついていけない私に何ができるだろうか。

今はひたすら、みんなのそばにいて——話を聞いているしかない。

無力感が、わいてくるけれど。それだけで、北斗くんたちは何だか嬉しそうにしてくれていた。これまで、誰にも頼れずに、孤独な戦いをつづけてきたのだろう。

「上級生で、能力が高く、俺たちを導き育ててくれるひと、というのが理想だが。そう都合よくはいくまい、まずは俺たちだけで善処《ぜんしょ》すべきだ」

北斗くんも私の憂慮を察してくれて、心配するな、というように微笑んだ。

「転校生も、ゆっくり『プロデューサー』としてのスキルを習得してくれるかもしれないしな……。それを待つのもいいが、あまり猶予《ゆうよ》はない。急がず焦《あせ》らず、といきたいところだが。俺たちにとっての絶好の機会が、間近に迫ってきている」

クーデターでも企《くわだ》てるみたいに、教室の隅っこで私たちはひそひそ話を交わす。

何だかとても悪いことをしているみたいで、どきどきする。実際、この夢ノ咲学院を引っ繰り返すようなことを目論《もくろ》んでいるのだ。悪い子たちである、私たちは。

けれど何だかすこしだけ、楽しかった。

思わず笑みが零れてしまった私を見て、北斗くんは勇気づけられたみたいに語気を強くする。

「ドリフェスのなかでも二番目に格が高い晴れ舞台、『S1』。その開催が、二週間後に予定されている」

私は昨日、いろいろ書き留めておいたメモ帳を取りだして与えられた知識を再確認する。ドリフェスは厳密にランク付けされていて、『S1』は公式では『SS』につづいて二番目に規模のおおきな——格式高い、重要な代物《しろもの》だ。

まさに、大一番である。

「『S1』は季節ごとの開催だ、今回を逃せば次は数カ月後になる……。それを待ってもいいが、時間が経てば経つほど生徒会は権勢を増すだろう」

北斗くんが軍略を練る参謀《さんぼう》みたいに、険しい顔で現状を確認していく。

「時間は、俺たちに味方しない。どんどん不利になっていく、と予想される。長期入院中で不在の生徒会長も、戻ってくるかもしれないしな」

生徒会長――つまり、生徒会のトップだろうか。ふつう考えるまでもなくそうなのだけれど、この夢ノ咲学院ではあまり私の知っている『ふつう』が通用しない。

入院しているらしい、生徒会長は。そういえば昨日、生徒会を仕切っていた蓮巳《はすみ》敬人《けいと》さんは『副会長』のようだった。

「現時点でも生徒会は強大すぎるのに、夢ノ咲学院の『皇帝《こうてい》』と渾名《あだな》される生徒会長が戻ってくれば……。俺たちに、勝ち目はなくなる」

『皇帝』……。仰々《ぎょうぎょう》しい二《ふた》つ名《な》だけれど、夢ノ咲学院だから。ほんとうに、王侯貴族のごとき冗談のような権力者なのかもしれない。

盤石なる絶対王政によって民草《たみぐさ》を苦しめる『皇帝』を打ち倒し、革命する。北斗くんたちはそのために集まり、手を結んで、死にもの狂いで戦っている勇士たち。異世界ファンタジーのようだ――不思議な物語のなかに迷いこんでしまったような、酩酊感《めいていかん》。

けれどこれは、冗談ではないのだ。

「できることなら、二週間後の『Ｓ１』で生徒会に一発ガツンと食らわせておきたいところではある。おっと――転校生には、詳細を伝えていなかったな」

あらためて説明しよう、と北斗くんはまた家庭教師の顔になって補足してくれる。

「『Ｓ１』は校内だけでなく、近隣の学校の生徒や、地域住民などの『一般客』も招待して行われる大規模なドリフェスだ」

ふむふむ。

「『S2』以下のドリフェスは、あくまで校内限定の催《もよお》しだ。生徒会が圧倒的な権勢をもち、誰も逆らえない現状では、生徒会の勝利が確定しきっている」

そういえば昨日の【龍王戦】は『B1』だったようだけれど、観客は夢ノ咲学院の生徒たちだけだった。

この学校、セキュリティー厳しいので関係者以外はほとんど立ち入れないのだ。

それなのに、あの騒ぎだったのだから……。外からも客を呼ぶのならば、規模は、巻き起こる騒乱はあの比ではないだろう。

「だが『S1』なら、『一般客』という不確定要素が大量に入りこむ。生徒会に唯々《いい》諾々《だくだく》と従う夢ノ咲学院の生徒とちがって、『一般客』は自分の好きなように投票する」

北斗くんは冷徹《れいてつ》に、勝つための作戦を練《ね》っている。

「いわば、浮動票《ふどうひょう》があるのだ。それをかき集められれば、生徒会に勝利することだって理論的には可能だろう。そして、いちど負かせば生徒会の権勢は崩れる」

思っていたよりもやけっぱちではなく、きちんと考えている。

北斗くんたちも、本気なのだ。ううん──そのぐらい必死に知恵を絞り、全力で挑まなければ勝負にもならないのだろう。そのぐらい、絶望的な状況なのだ。

「生徒会だって負ける、倒せる。その事実が明るみにでれば、生徒会の屋台骨は揺《ゆ》らぐだろう。絶対王政を打倒した市民革命のように、相手も人間であり倒せる──とわかれば戦える。生徒会にひれ伏すしかない夢ノ咲学院のみんなに、希望を与えられる」

何だか急に怖くなって、青ざめる私を、北斗くんは安心させるように微笑んだ。

「『S1』は、その絶好の機会なんだ」

けれどすぐに気を引きしめたのか、真摯《しんし》な表情になる。

「とはいえ。『勝てる可能性がある』というだけで、『絶対に勝てる』わけではもちろんない。生徒会は、個人も『ユニット』も強力無比だ。対等な条件で戦ったとしても、勝てる保証はまったくない」

最初から無謀《むぼう》な話なのだ——万全に準備して努力して、それでも届かないかもしれない。私たちは、ほとんど勝ち目もない戦いに身を投じようとしている。

「ふつうに勝負を挑めば、蹴散《けち》らされて終わりだろう。現状の、俺たちでは——ゆえに策と、できれば優秀な指揮官《しきかん》が必要だ」

話題が、戻ってくる。北斗くんたちとしては、『プロデューサー』である私が指揮官の役目を果たしてくれたら、という淡《あわ》い期待があったのだろうけれど。

私は、素人だった。だから、困っているのだろう。

私の成長を待っていられない——誰か現時点でも強大な指揮官が、たしかに必要だ。

「必ず勝てる保証が、必要なのだ。叛逆されるなんて思ってもいない生徒会にとって、俺たちの『最初の一撃』はまちがいなく奇襲になる」

小勢で大軍を破るためには、不意打ち、闇討《やみう》ち、計略——あの手この手で挑む必要があるのだろう。正面から突撃するのは、賢明《けんめい》とはいえない。絶対に、戦力差は覆《くつがえ》せない。砕け散るだけだ、おおいなる川の流れにさざ波すらも立てられない。

戦争は数だ。基本的に。

そして盤石なる王朝を築く生徒会に対して、私たちはあまりにも戦力不足である。

「不意打ちで、追い落とす。二度は使えん奇襲攻撃だ、そのタイミングは見計らいたい。間近に迫る『S1』でそれができないなら、次のチャンスを待つべきではある」

ふんふん頷く私に、北斗くんは我が意を得たりというように笑った。実際、彼の言うことはもっともである——理屈が通っている。

根性や、奇跡みたいな友情パワーだけで勝利することはできない。少年漫画ではないのだ。策を練り、積み重ねて、最適なタイミングで致命打《ちめいだ》を叩きこまなくては、強大な敵を倒せはしない。あっさり、喰い殺されるだけだ。

「俺たちが勝てる確証——それが見つからなければ、今回の『S1』は潔《いさぎよ》く諦め、雌伏《しふく》して次の機会を待つべきだろう。俺はそんな方向で指針を立てているが、おまえたちの意見も聞きたいな。どうだろうか、みんな？」

「難しいことはわからないよ！」

「ホッケ〜に任せるっ☆」

真くんとスバルくんが元気いっぱいに思考を放棄しているので、北斗くんは膝《ひざ》から崩れそうになった。可哀想に。

「そうか……。真面目に考えるのが馬鹿馬鹿しくなってくるから、せめて『考えるふり』ぐらいはしてほしい」

項垂《うなだ》れる北斗くんの頭を、私は「よしよし」と撫でた。

Rebellion

　そのあと。

　昨日はついに辿《たど》りつけなかったガーデンテラス＝食堂でお茶と食事をいただいたあと、すこし時間が余っていたので、北斗《ほくと》くんたちは学院のなかを案内してくれた。

　ガーデンテラスの食事は豪勢《ごうせい》かつ美味《びみ》だったけれど、かなり値段がしたので、明日からはお弁当をもってこよう──みたいなことを私は考えていた。男の子ばかりが通っているせいか、全体的にガッツリ系だったたし。

　アイドルは体力仕事だから、というのもあるのだろうけれど。胃もたれしてすこし顔色のよくない私を気遣《きづか》いながら、北斗くんがガーデンテラスからも見えていた立派な建物を示して、バスガイドみたいに説明してくれる。

「ここが、『講堂』だ」

　荘厳《そうごん》な、建築物である。かなりの広さがあって、宗教施設か博物館みたいだ。夢ノ咲学《ゆめのさきがく》院《いん》の建物は、だいたいそんな感じだけれど。ガーデンテラスと同じく屋外に独立して建てられており、今の時間は使われていないのだろう、閑散《かんさん》としている。

　開けっ放しの出入り口から踏みこみ、私は馬鹿《ばか》みたいに周りをきょろきょろと見回す。

何だろう、この建物は──『講堂』？　何のための、施設なのだろう？

「暗いから足下に気をつけろ、転校生」

屋外は好《よ》い天気のため、建物のなかの暗闇に目が慣《な》れない。間近にある北斗くんの背中を頼りに、軽鴨《かるがも》みたいについていく。

「昨日の『B1』は学院が認めない非公式戦だったため、生徒たちが勝手に仮設したステージで催されていた。だが、公式戦は主にこの『講堂』で行われる」

たしかに、ライブのために用いられるホールのような内装である。並ぶ、無数の観客席。奥に立派なステージがあり、照明設備などが配置されている。歴史ある大劇場みたいだけれど、今は私たち以外は誰もいないのでうら寂《さび》しい。

「二週間後の『S1』に参加するかどうかは、まだ未定だが。下見をしておいて、損はないだろう。雰囲気ぐらいは摑《つか》める、まだ昼休みが終わるまでは時間があるしな」

「いやぁ、誰もいないと寒々しいね『講堂』は。でもドリフェス本番だと、ここが大観衆で埋《う》め尽くされて壮観だよ～？」

暗い場所が好きではないのだろう、なぜか肝試《きもだめ》しをしているみたいな風情《ふぜい》のスバルくんが北斗くんの腕に抱きついた。口調はやっぱり、どこまでも明るいけれど。

「あはは！　ここで歌って踊《おど》るのは楽しいだろうねっ、今からワクワクしちゃうよ～☆」

「そうだな。生徒会への叛逆云々《はんぎゃくうんぬん》はおいといて、楽しむために参加するのもいいかもしれん。経験にはなる、やるからには生徒会に勝ちたいのだが」

「現状、それは難しいからね。う～ん、一発逆転のナイスアイディアが思い浮かべばいいんだけど！　まじでテロリストっぽく、ライブしてる生徒会のやつらを爆破《ばくは》しちゃう〜？」

「おまえは、ときどきギョッとするようなことを言うな？」

元気よく物騒なことを語るスバルくんを、北斗くんが鬱陶《うっとう》しそうに振り払った。

「正々堂々と対決し、勝たなければ意味がないだろう。それに今の俺たちでは、参加申請をしても許諾《きょだく》されるかどうかすらわからん」

「いろいろ足りないもんね〜、衣装とか練習とか曲目《きょくもく》とか。でも、目標があったほうが燃えるじゃん？」

「そうだな。『Ｓ１』に参加する前提で、準備をしておいても無駄にはなるまい」

暗いのに転ぶ様子もなく、スバルくんが並んでいる座席の手すりに体重がないみたいに飛び乗る。ぴょんぴょん跳ねて、移動している。あまりにも何気なくやっているけれど、とんでもない軽業《かるわざ》である。

それを呆れたように眺めつつ、北斗くんは最小限の動きで通路を進みながら思案している。どこまでも好対照なふたりだ——けれど、息ぴったりではある。

ふと気になって後ろを見ると、いつものようにやや遅れてついてきている真《まこと》くんが私と同じように、ふたりの遣《や》り取りを眺《なが》めていた。

目と目があって、にっこり微笑《ほほえ》みあう。

そんな私と真くんに怪訝《けげん》そうな顔をしながらも、北斗くんが戦略を練《ね》っている。

「実際に参加するかどうかは、準備万端、整えてから決めてもいい。二週間と短いが、まだ猶予《ゆうよ》もあるのだからな」

「まずは衣装をどうにかしないとね～、俺たち『Trickstar《トリックスター》』は結成されたばっかりだからさ。『ユニット』専用の衣装もないもん、誰かつくってくんないかな……おや？」

てきとうに応《こた》えていたスバルくんが、足場にしていた座席の背もたれの上でくるりと一回転。あらぬ方向を、野生動物みたいに俊敏《しゅんびん》に振り向いた。

その視線の先に、ひとりの男の子がいる。

「～♪」

最初からこの場にいたのだろうけれど、『講堂』は広いし今は照明も消えていて暗い――すぐには気づかなかった。何をしているのだろうか、壁際に座りこんでいる。一瞬、『講堂』に取り憑《つ》いたお化けかと思った。

あまり生気のない、弱々しい雰囲気なのだ。

「しののん！」

スバルくんが嬉しそうに呼びかけると、その男の子はビクッと反応した。そして恐る恐る――ゆっくりゆっくり、こちらを振り返ってくる。

「わっ……？　こ、こんにちは明星《あけほし》先輩！」

何度もしきりに頭をさげてくる、その顔を見て驚《おどろ》いた。

女の子かと、思ったのだ。周りが暗いせいか、ほんとうに男の子に見えない。夢ノ咲学院の制服を着ているので、かろうじてそれとわかる――儚《はかな》げで、可憐《かれん》な美貌《びぼう》だ。髪も肩までの長さで、挙動《きょどう》もどこか愛らしい。

暗くてネクタイの色がわからないけれど、スバルくんを先輩と呼んでいるから——一年生だろう。まだ声変わりをしていないみたいで、耳に心地よい天使の声《ボーイソプラノ》だ。

しののん、と呼ばれた幸薄そうな男の子は、どうも通路にこびりついたガムを取ろうとがんばっているらしい。掃除をしている、なぜお昼休みに独《ひと》りぼっちで？

「やっほう☆　こんなとこで何してんの～、しののん？」

通路や座席を立体的に跳ねて、スバルくんは最短距離で『しののん』くんのところへ舞い降りる。ふつうに通路を進むしかない北斗くんはやや遅れつつ、その背中に問うた。

「知りあいか、明星？」

「うん。俺、よく小銭を稼《かせ》ぐために『校内アルバイト』をするんだけどね～？」

知らない単語がでてきた、『校内アルバイト』とは……？

「そこで、よく一緒になるんだ！　一年生で紅茶部の紫之創《しのはじめ》くん、渾名《あだな》はしののん！」

「『しののん』って呼ぶの、明星先輩だけですけど……。いつも、お世話になってます♪」

紫之創、というらしい男の子は照れくさそうに微笑んだ。


創くんはゆったりと立ちあがり、むやみに抱きついてくるスバルくんに「きゃっ」とやっぱり女の子みたいな悲鳴《ひめい》をあげて——目を白黒とさせている。

「えっと。皆さんお揃《そろ》いで、『講堂』に何の用件でしょう？」

抵抗する腕力がないのだろう、困ったように身じろぎして、創くんははにかんだ。

「いま、『講堂』は放課後にドリフェスが行われるため、清掃中なんです。あんまり、汚さないでくれると嬉しいです」

「お掃除してるんだね、感心感心！」

いっそう力強く創くんを抱きしめて髪の毛をくちゃくちゃにしながらも、やりたい放題のスバルくんは創くんごと「くるくる」回転した。どうやら仲良しというか、スバルくんは創くんのことが大好きみたいだった。

「ってか、また『校内アルバイト』してるの～？　勤勉《きんべん》だよね、しののん！」

「えへへ。ぼく、貧乏なので」

そんなふたりを胡乱《うろん》げに眺《なが》めながら、北斗くんが丁寧《ていねい》に補足してくれる。

「知らない単語だろうから、転校生に説明しておこう」

私は慌《あわ》てて、メモ帳を取りだした。

「『校内アルバイト』というのは、学院内でのみ流通している通貨《つうか》を稼ぐための方法のひとつだ。資金は、ドリフェスでの勝利などでも獲得できる。それを用いれば練習室を借りたり、衣装を作成したりなど、あくまで校内限定だがいろいろ有用に支払いができる」

ゲームセンターのメダルみたいなものだろう、と私は理解をする。

校内だけで流通している、通貨。そういえば食堂のお品書きにも、円の他に見慣《みな》れない単位の記載があったような。

校内での活動によって稼いだ資金を運用する、それによってアイドル活動の疑似体験をする。ほんとうに、ゲームみたいである。

ふつうに日本円で遣り取りすると、トラブルになりそうだし。あるいは法律とかに接《せっ》触《しょく》してしまうのかもしれない――独自の通貨まであるなんて、ほんとうに異世界のどこかの王国に迷いこんだ気分だ。

北斗くんがサンプルとして、自分の財布から校内資金の通貨を取りだして見せてくれた。単位は『D』となっているけれど、何と読むのだろう。ドル――ではないと思うけれど。本格的なつくりの硬貨《こうか》で、偽造などは難しそうである。

「実際の現金と交換することも、可能だ。まぁ、レートは低いみたいだが。食堂の料理や購買部の商品なども、この校内資金で買うことができるぞ。生徒のなかには、これで悪い商売をやってるやつもいるらしい」

「あはは。校則違反とかしたときに、罰金《ばっきん》として支払うこともありますよね」

スバルくんに後ろから抱きしめられている創くんが、おっかなびっくり語ってくれる。

「ぼくの『ユニット』、こないだ申請が通ってようやく活動資金をもらえたんですけど。『A1』の成績があまりよくなくて、残高が雀《すずめ》の涙《なみだ》なんです」

「ちなみに『A1』は――結成したばかりの『ユニット』か、新入生のみに参加が限定されるドリフェスだ」

ひとが説明していると必ず負けるものか、とばかりにカットインしてくる北斗くんである。何でだろうか、心配しなくても私の家庭教師は北斗くんだよ……。という気持ちをこめて微笑みかけると、北斗くんは満足そうに腕組みする。

「要するに、新人戦だな。結成されたばかりの『ユニット』や新入生の、お披露目《ひろめ》としての意味あいをもつ」

「はい。すっごく緊張《きんちょう》しました、思いだすだけで震《ふる》えちゃいます」

創くんが、柔らかく微笑んだ。

「でも『A1』は生徒会のひととかいないので、のびのびと歌えたと思います〜♪」

この夢ノ咲学院における公式のドリフェスは、八百長《やおちょう》が横行し、生徒会が必ず勝つようにできていると聞いた。けれど、『A1』は例外のようだ。いちいち新人を——アイドルの卵を潰していったら、未来はない。

逆にいえば新人ではなくなった創くんにはこれから先、過酷《かこく》な未来が待っているのかもしれないけれど。

楽しいライブを思いだしたのだろう、創くんは幸せそうに微笑《ほほえ》んでいる。

「ぼくたちは活動を始めたばっかりで、まだ右も左もわからないんですけど。ちょっとでも稼いで活動資金にしたくて、最近はとくに『校内アルバイト』ばっかりしてます。お金がないのは、首がないのと同じですからね。ぼく、がんばってます……♪」

「しののん『ユニット』結成したんだね〜、俺も俺も！　いま周りにいるのが、そのメンバーなんだ☆」

スバルくんが父親のように、創くんを促《うなが》して私たちを身振り手振りで示してくれる。

「しののんは、誰と組んだの～？」

「はい、同い年の仲のいい子たちと……。あと新入生だけじゃ心配だからって、知りあいの先輩がひとり、保護者って感じで参加してくれてます」

創くんは一生懸命、気ままに尋《たず》ねてくるスバルくんに律儀《りちぎ》にぜんぶ答えている。

「メンバーのひとりが張りきって、衣装とか作成しちゃって。それで資金が尽きちゃって、ちょっと困ってるんですけど——だから、がんばらなくちゃって。ぼく、とろいから、ひとの二倍も三倍もがんばらなくちゃいけないんです」

すこし思いつめた様子で語ると、ゆるゆると頭をさげてくる。

「今日も放課後にドリフェスがあるので、それに参加する予定なんですよ。先輩がた、よろしければ観《み》にきてくださいね♪」

「観に行く、観に行く！　俺、しののんの歌声のファンだから☆」

「ありがとうございます、嬉しいです～♪」

またスバルくんに全力で抱きしめられて、創くんは幸せそうにしていた。

「ぼく声ちっちゃいから、がんばって声ださないと演奏に負けちゃう……。いつも元気な、明星先輩が羨《うらや》ましいです」

あったかくて眠たくなってきたのか、とろんとした目つきで彼は囁《ささや》いた。

「ぼく、明星先輩みたいになれたらいいなって、いつも思ってるんです……♪」

「こいつの真似はしないほうがいいぞ、いろんな意味で」

水を差すみたいに、北斗くんが冷ややかに言った。

「しかし清掃中なら、邪魔《じやま》をするのもよくないか。いったん、撤収《てつしゆう》を……おや？」

「どしたの、ホッケ～？」

私としては——ようやく気づいてくれたか、という感じなのだけれど。

「いや、いつの間にか転校生がいなくなってる。どこへ行った、あいつ？」

「あっ、ほんとだ。おトイレかな？」

そう——このとき、私はこの場から急速に遠ざかっていた。自分の意志とは無関係に、理《り》不尽《ふじん》な運命のような勢いに流されて。

簡単に説明すると、北斗くんたちが会話に集中しているのを邪魔してはいけないとすこし後ろに下がっていたら、暗闇から手がのびてきて……。口元を塞《ふさ》がれ、『講堂』の外まで引きずりだされてしまったのだ。

あっという間の、鮮《あざ》やかな誘拐《ゆうかい》であった。

「う～む。転校生がいないのでは意味がない、携帯電話で呼びだしてみるか。……なぜだろう、すごく嫌な予感がする」

北斗くんがスマホを取りだしながら、やや呑気《のんき》にそんなことを言っていた。

夢ノ咲学院の穢《けが》れない廊下に、荒々しい足音が響いている。

埃《ほこり》のひとつも落ちていない、きらきらと輝く通路——おぞましい権力構造に毒されていることなど微塵《みじん》も感じさせない、天国のような景観だ。


そんな欺瞞《ぎまん》に満ちた舞台に異議申し立てをするみたいに、『Trickstar』の三人——北斗くん、スバルくん、真くんは戦場へ向かう勇敢《ゆうかん》な兵士のごとく驀進《ばくしん》する。

大股で、一定の調子で進む北斗くん。かなり行き過ぎてからみんなを待ち、待ちきれずに戻ってきたりと落ちつきのないスバルくん。ひとり遅れて、必死についていく真くん。

彼らが辿りついたのは夢ノ咲学院の片隅、カーテンが閉めきられて薄暗くなっている区画である。清掃業者も不気味に思うのだろうか、やや薄汚れている。

「ふん。ここが、軽音部の部室か」

改造されているらしく地獄の門じみている立派な扉の前で、北斗くんが唸《うな》った。

「明星。ほんとうに、転校生はこの部室につれこまれたんだな？」

「俺に聞かれても、わかんないよ〜？」

頼りないことをいつもの調子で軽く言って、スバルくんは肩をすくめる。

「ただ、しののんがね……。転校生が、軽音部の双子に誘拐されたのを目撃してたみたい。しののんは嘘つかないから、転校生が軽音部の連中に攫《さら》われたのは事実だと思うよ」

「あの紫之くんとやらも、気づいてたならその場ですぐ言ってくれたらいいのにな」

「しののん、ポケ〜っとした子だから」

ふたりの会話に、私がその場にいたなら同意したいところではあった。

見ていたなら、気づいていたなら助けるなり――せめて声をあげて注意を促してくれてもよかったのに、創くん。双子はかなり鮮やかに私を拉致《らち》したので、声をだすいとまもなかったのかもしれないけれど。

「会話に夢中になって転校生のことを忘れてた俺たちも、ひとのこと言えなくない？」

スバルくんがへらへら笑いながら言って、ようやく追いついた真くんが同意する。

「転校生ちゃん、あんまり喋《しゃべ》らないからつい存在を忘れちゃうよね〜？」

「あはは。たくさん喋るのに存在を忘れられる、ウッキ〜より『まし』だけどね！」

「明星くん、実は僕のこと嫌いじゃない？　ときどき、言葉がグサッて刺さるんだけど！」

「冗談、冗談。大好きだよ、ウッキ〜。……それより、どうしたもんかね？」

真くんへの扱いが雑なスバルくんがてきとうな物言いをする横で、北斗くんが探るように、軽音部部室の扉を注視している。

「ふむ。今はなるべく騒ぎを起こしたくない、穏便《おんびん》にいきたいところだが」

「転校生ちゃんも、失神したり攫われたり、放っておけない感じだよね〜？」

それは実際、申し訳ない。

真くんが不安そうに、身じろぎしている。

「こんなに頼りないのに、ほんとに僕たちの『救世主』になってくれるのかな？」

「まぁ、期待して損はないはずだ。すくなくとも、潮目《しおめ》は変わった。あいつを中心に、事態が動いている。停滞した現状を打破してくれている、転校生は突破口そのものだ。俺は、そう前向きに評価したい」

真くんの背中を叩いて励ましつつも──北斗くんは自責の念に駆られたのか、項垂《うなだ》れて歯噛《はが》みしている。

「しかし……。転校生に『絶対に守る』などと大口を叩いた、その舌の根も乾《かわ》かぬうちにこれだ。俺は、自分が情けない」

腕まくりをして、奮起《ふんき》している。

「とはいえ、まだ手遅れではないはずだ。軽音部に殴りこんででも、転校生を救出する」

「いつになく熱くなってるね、ホッケ〜。入れこみすぎだよ、ちょっと？」

たまにぞっとするほど酷薄《こくはく》な表情になるスバルくんが、一瞬だけ冷めたような目つきで仲間たちを眺《なが》めて──けれど、すぐに満面の笑みになった。

「でもまぁ、俺もそういうのは嫌いじゃないよ！　心の炎を真っ赤に燃やそう、キラキラって輝かせよう☆」

北斗くんの真似をして腕まくりすると、あっさり部室の扉を開いてしまった。鍵はかかっていない──室内から、演奏と誰かの喋り声が漏《も》れてくる。

「よぉし、喧嘩《けんか》だ喧嘩！　祭と喧嘩は、夢ノ咲学院の花だ〜☆」

「おい明星、待て。無策で突っこむな、危険だ。それに、まだ転校生がこの部室にいると決まったわけではないんだぞ……？」

突入していく無鉄砲な仲間に、北斗くんが全力で追いすがった。真くんも、つづく。これから彼らが何度となく足を運ぶ軽音部部室への、それが最初の進入であった。

始めの一歩が、踏みこまれる。


「たのも〜う☆」

友達の家に遊びにきたかのように、スバルくんが天真爛漫《てんしんらんまん》に室内へ入りこんで騒《さわ》いだ。

「どこだっ、転校生〜？　明星スバルと愉快な仲間たちが助けにきたよっ、この印籠が目に入らぬか！　控《ひか》えおろう〜！」

「落ちつけ明星、先走りすぎるな。……ふむ？　真っ暗だな？」

警戒しながらもスバルくんを放っておけず、慌てて追いついた北斗くんが眉をひそめる。

暗幕の垂れた部室のなかは、実際、真っ暗闇だ。

目が慣れないらしく当惑する彼らに、闇そのものが口を開いたみたいに——。

「ようこそ」

穏《おだ》やかな声が、語りかける。

「そう騒がしくせんでおくれ、こちとら寝起きなんじゃよ〜？」

ぼんやりと足元灯がついて、室内の様子を不明瞭《ふめいりょう》ながら浮かびあがらせる。部屋の中央、やけに存在感を主張している棺桶《かんおけ》に腰掛けて――ひょろりと背の高い陰影《シルエット》が欠伸をしている。

「若いもんは元気でいいのう、ふぁあふ♪」

「むっ……⁉」

北斗くんが遅まきながら反応し、後ずさった。ぼさっとしているスバルくんと真くんを下がらせて、心のなかで、目の前の怪しすぎる人物の詳細を思い起こす。

（こいつは……。たしか軽音部部長、朔間零《さくまれい》。夢ノ咲学院で最も過激《かげき》で背徳的と謳《うた》われる『ユニット』、『UNDEAD《アンデッド》』の頭目にして『三奇人』のひとり）

私がまだ知らない用語なども、北斗くんは当然――把握《はあく》している。

それゆえにこそ、正面で眠たそうに目元を擦《こす》っている不健康な青年が、どれだけ危険な存在なのか理解できている。いつも冷静な北斗くんの頰《ほお》に、汗が伝った。

（圧倒的な権勢を誇る生徒会が唯一、制御できないとされる特異な存在が『三奇人』だ。アイドルとしても超一流、かつ絶大な名声を誇る夢ノ咲学院の台風の目――夢ノ咲学院で、生徒会に対抗しうる三人の傑物《けつぶつ》！　それが、『三奇人』！）

言葉も発せずに、北斗くんはひたすら状況を理解しようと努めている。雰囲気に吞まれている、ともいえる。ふだんは陽気なスバルくんと真くんも、軽口すら叩けていない。

零さんはそんな北斗くんたちを見もせずに、ぬぼぉ～っと暇そうにしているけれど。

（生徒会に叛逆し、戦うためには是非とも味方につけておきたい存在だが……。『三奇人』はどいつもこいつも、何を考えているかわからん、奇人変人のたぐいという話だしな）

北斗くんの脳裏に、ある人物の姿が華やかに浮かびあがる。

（うちの演劇部の部長も、そういえば『三奇人』か……。あの変態と同じ種類の人間だとすれば、まともに会話が通じるかどうかも怪しい）

その人物のことを蛇蝎《だかつ》の如《ごと》く嫌っているのだろう、北斗くんは苦い顔になる。

（これは、困ったことになったな。どうする？）

「まぁまぁ、そんなところで突っ立っておらんで。そのへんにクッションとかあるから、座って休むがよかろ」

ぽりぽりと頬を掻《か》いて、零さんは気怠《けだる》げに部屋の隅っこを指さした。たしかに言葉どおり、ドクロを模したような悪趣味なクッションが人数ぶん――並んでいる。

零さんは、北斗くんたちが突入してくることを予め知っていたみたいだった。

「お茶ぐらいだすぞ、客人。心配せんでも、おぬしらのようなヒヨッコをいびって遊ぶ趣《しゅ》味《み》はないからのう？」

（むう？　何だろう、独特な喋りかたをするな）

北斗くんは毒気を抜かれたのだろう、呆然《ぼうぜん》としてしまった。

（老人っぽいというか――うちの、おばあちゃんに似ている。いかん、警戒心がゆるむ！　狙《ねら》ってやっているとしたら、恐るべし朔間零！）

「どしたの、ホッケ〜？　無駄に緊迫《きんぱく》しちゃって……えぇっと、軽音部のひとですか？　このへんに、女の子がきませんでした？」

考えこみすぎて逆に身動きがとれなくなっている北斗くんを横にどかして、見かねたらしいスバルくんが、前に進みでる。

もう部室の、そして零さんの独特な雰囲気に慣れたのだろうか——何も考えていないだけだろうか、あっけらかんと呼びかける。

「そいつ、俺たちの仲間なんです！　だから探してるっていうか、返してほしいんです！　あんたらが、転校生を誘拐したのは知ってるんだぞ〜！」

「くくく。いきなり土足で我輩《わがはい》の城に踏みこんできたかと思えば、えらく不躾《ぶしつけ》じゃのう。けれど、そういう腕白《わんぱく》な態度も若者の特権じゃ♪」

喉《のど》の奥から笑い声を漏らして、零さんは長い腕と指を「ぴん」とのばして部室の片隅を示す。仕草のひとつひとつが、陰気ながらも魅惑的だ——妖《あや》しい。

「転校生の嬢《じょう》ちゃんならほれ、そこにおるよ。うちの子たちが強引に攫ってきてしまったようでのう、そこは謝罪しよう。軽音部の愛し子たちは、どうにもやんちゃでのう？」

まだ室内は薄暗く、視界が判然としない。しかし実際、そのとき私は部室の隅っこにいたのだった——周りで双子が騒がしくしているため、彼らに気づくのが遅れたけれど。

こちらに目を向けた北斗くんたちと視線があって、私は安堵《あんど》した。北斗くんたちも同じだったらしく、胸を撫で下ろしている。私が五体満足で、拘束《こうそく》されてもおらず、平和な雰囲気だったから――だろうか。

ほんのわずか、離れていただけなのに。

何だか無性に、再会できたのが嬉しかった。

「とはいえ、双子が我輩のために献上してくれた貢《みつ》ぎものじゃ。ほいほいと、『ただ』で返すのも惜しいのう？」

そんな私たちを眺めて、零さんが愉《たの》しそうに口端を歪める。

「おぬしらがまことに夢ノ咲学院の『特異点』となりうる彼女を、転校生を扱うに相応《ふさわ》しいかどうか……。この朔間零が、ちょろっと試してやろう♪」

そして、ようやく立ちあがった。

足元灯が照らす室内に、艶然《えんぜん》と笑う吸血鬼の影が広がっている。


「はい、そこでターン♪」

「俺たちの動きを真似してねっ、すてきなダンスが踊《おど》れるよ！」

不思議の国のアリスのトゥイードル・ディとトゥイードル・ダムさながらに、楽しげだけれど意味はなさそうなことを囀《さえず》りながら飛び跳ねる、双子。そんな彼らに手を引かれたり耳元で囁かれたり、翻弄《ほんろう》されながらも――私は、いっぱいいっぱいだった。

この軽音部部室に運びこまれて（双子は小柄なのにかなり腕力があるらしく、あろうことか私をふたりで高々と持ち上げてここまで御神輿《おみこし》のように担いできた）、いったい何をされるのだろう、と怯えきっていた私だけれど。

意外なぐらいに乱暴はされずに、お茶をだされたりして持てなされて。むしろ大歓迎という雰囲気で、そこは一安心だったけれど。

なぜか促されるままに、私は珍奇な衣装を着せられていた。

アイドル衣装だ。日常生活ではまず袖を通さない、ヒラヒラフリフリの――なぜ男性アイドルの育成が本懐《ほんかい》である夢ノ咲学院にこんな代物があったのか、それは永遠の謎《なぞ》である。拒否したら何をされるかわからなかったので、仕方なく着替えたのだけれど。

かわいいリボンや小物、お姫さまのような仕立てだけれど超ミニスカートで落ちつかない。首輪や手錠などの、虜囚《りょしゅう》じみた飾りもあってインモラルな感じだし。

ともあれそんな恥ずかしい格好で、私は双子に言われるがまま、なぜか踊らされていた。私はアイドルになるために夢ノ咲学院に転校してきたわけではなく――こういうのは初めてで慣れなくて、踊るというより転びかけているけれど。

そばで囃《はや》し立てている双子――ひなたくんとゆうたくんが手拍子をするなか、言われるがままに身体《からだ》を動かす。さっきから十数分ほど、ずっとこんな感じだ。さすがに疲れ果てて、私は糸が切れかけた操《あやつ》り人形みたいにぎくしゃくとしている。

「はい、右手あげてっ♪　右足あげてっ♪」

「左手あげてっ♪　左足もあげてっ♪」

大慌てで指示に従っているけれど、両足をあげてしまったら駄目なのでは——と気づいたときにはもう遅く、双子が「空中浮遊！」などと人類には不可能な指示をだしてきた。

当然、すっ転ぶ。

前のめりに派手に転倒した私を、双子がにやにや笑いで眺めている。

「あはは、ズッコけちゃった。素直だな〜、お姉さん」

「でも見た感じ、ダンスも歌も素人《しろうと》だよね〜。ほんとにこのひとが、朔間先輩の言うような『すごいひと』なの？」

どうも、双子は私の力量を測《はか》っていたみたいだ。悪気はなさそうで、ちいさな子供と一緒に遊んでるみたいで——不快ではなかったけれど。意味のわからないことを延々とやらされて、私は心身ともにくたびれていた。

ゆるく顔をあげると、双子が仲良く一緒に手を差し伸べてくれている。

「朔間先輩は、言動は痛いけど嘘は言わない。と思う。たぶん。そこを疑ったら、朔間先輩はただの『迷惑なひと』だよ？」

助け起こしてくれながらも、双子のどちらかがそんなことを言った。ほぼ初対面なので、私にはまだどちらがどちらなのか判別できない。

立ち上がる気力もなく、眩暈感《げんうんかん》に乱されたまま、私は途方《とほう》に暮れてしまう。助けを求めて、私の滑稽《こっけい》とすらいえる有様に反応できていない北斗くんたちへと、視線を送った。

「……転校生は、いったい何をしているんだ？」

「かわいい服を着せられてるね〜、何あれ？　キラキラしてる〜♪」

「女の子は、あぁいうのが似合っていいね〜？」

三者三様にコメントをしてくれるけれど、それよりも前に助けてほしい――命に関わるような、緊急事態に巻きこまれてるわけではないのだけど。

むしろ楽しげだったので、緊迫していた北斗くんたちは気が抜けたみたいだった。どう反応したらいいのかわからないらしく、ひたすら呆然としている。

「僕もあぁいうの着せられたことあるよ、ちっちゃいころ。ううっ、トラウマが蘇《よみがえ》る！」

なぜか頭を抱えてしまった真くんには触れずに、北斗くんは訳知り顔でこちらを眺めている『三奇人』――零さんへと、鋭く言い放った。

「朔間先輩。俺たちの転校生に何をさせているんだ、場合によっては許さんぞ」

「口の利《き》きかたには気をつけるがよいぞ、坊や」

にこやかに応対しながらも、零さんは小揺《こゆ》るぎもせずに北斗くんを眺めている。

「敵をつくるような物言いは、感心せんのう。……生徒会と戦うために、今はひとりでもおおく味方につけておきたい時期じゃろ？」

「……なぜ、俺たちが生徒会に叛意《はんい》を抱いていると知っている？」

「我輩は何でも知っておるよ、この学院のことなら何でも」

おそらく無自覚に後ずさった北斗くんを、零さんは身じろぎもせずに観察している。見定めている、闇の奥から忍び寄って生き血を啜《すす》る怪物めいて――己の領域に踏みこんできた無力な子供たちを、推《お》し量《はか》っている。

「おぬしら、迂闊《うかつ》じゃからのう。阿呆《あほう》でも気づくわい、もっと慎重に行動せい」

小言《こごと》を述べながらも、零さんの表情はどこまでも稚気《ちき》に満ち溢《あふ》れている。

「ともあれ。この学院で王者のごとく振る舞う生徒会に刃向かわんとする、その気骨はよし。我輩は、おぬしらのことを評価しておるのじゃよ？」

語りながら窓際まで歩き、中途はんぱに開いていた暗幕をそっと閉じる。差しこんでいた光を嫌い、遠ざけた。そのまま壁に背を預け、猫《ねこ》のように欠伸《あくび》をする。

「じゃがのう、生半可《なまはんか》な覚悟で学院の秩序《ちつじょ》を引っかき回されるのも困る。昼間の事情には、あまり関わりたくないのじゃが。周りでドンパチされると、安眠妨害じゃからのう？」

闇のなかで、その血色の瞳《ひとみ》が足元灯の光を反射して蠱惑的《こわくてき》に輝いている。

「ゆえに、おぬしらを見定めようと思ってな。こうして、我輩の城たる軽音部の部室まで招き寄せたのじゃよ。もうひとつ、理由があるにはあるがの」

仕草のひとつひとつが、他者を魅了する。北斗くんたちも零さんの動きをいちいち目で追ってしまって、まるで私のことを忘れてしまったみたいだ。

「うちの子が、迷惑をかけたようじゃからの。謝《あやま》らんといかん、と思ったのじゃ。昨日のドリフェスでは、うちの駄犬がすまなかったのう……？」

不思議なことを語ると、零さんはまた細長い腕を「ぴん」と伸ばした。その指先が示すほうへ、視線を誘導する。

そうして初めて、北斗くんたちは室内にある異様なものに気づいたようだった。

「わんこ、おぬしもちゃんと謝るのじゃよ？」


「むぐ〜っ!?　ぐうう〜っ！」

唸っているのは、大神《おおがみ》晃《こう》牙《が》くんである。明かりの届かない部屋の隅っこにいたので、まだ暗闇に目が慣れきっていない北斗くんたちは気づくのが遅れたのだろう。まるで零さんが指をさすことで、魔術みたいに、晃牙くんが虚空《こくう》から出現したみたいだ。

ちなみに、晃牙くんはなぜか縛《しば》られているうえに猿轡《さるぐつわ》を嚙まされている。

晃牙くんは膂力もありそうだし豪快に暴れてもいるのだけれど、上手に縛られているらしく、ぜんぜん縄がほどけない。身悶《みもだ》えし、悔しそうに恥ずかしそうに、顔を真っ赤にして怒っている。

北斗くんが珍しく「あんぐり」と口を開けて、やや間の抜けた声をあげる。

「あっ、大神。あいつ、何で部室の隅っこに転がされてるんだ？」

「くくく。うちのわんこは躾《しつけ》がなっておらんからのう、すぐに嚙みつこうとする。謝れと言っておるのにのう、『絶対に謝るのは嫌だ』などと駄々《だだ》をこねるからのう？」

心底から愉快そうに、零さんは肩を震わせて笑っていた。

「謝罪もできん口なら要《い》らんかと思ってのう、猿轡ならぬ犬轡を嚙ませておるのじゃ

よ……♪　犬のしでかしたことは、飼い主である我輩の責任でもある。どうも素直ではないわんこに代わって、我輩が謝罪しよう」

貴族風に深々とお辞儀すると、零さんはチャーミングに片目を瞑《つむ》った。

「すまんかった。ひとつ、借りをつくってしまったのう？」

「昨日、吹っ飛ばされた大神が転校生に激突して、失神させたことについての謝罪か？

それなら、俺たちより転校生に言ってやってくれ」

晃牙くんが縛られていたり私がアイドル衣装だったりする理解不能な異空間のなか――

冷静に、北斗くんが淡々《たんたん》と語っている。

「俺も、転校生を守れなかった。傷つけてしまった。俺も加害者だ、謝罪される謂《いわ》れはな
い」

「ふむ、ふむ。なぁるほど、真面目じゃのう。だが青くさい、まだ熟《う》れきらぬ果実じゃの
う。収穫するには、まだ早いかのう？」

そんな北斗くんの態度に何を思ったのか、零さんは寒気がするような無表情になった。

「それに、視野狭窄《きょうさく》じゃ。転校生の嬢ちゃんも、意志のない人形ではない。何もできぬ、
張りぼてではないのじゃがのう？」

私を静かに見遣って、零さんは誰にも語っていなかった私の内心を、怖いぐらいに代弁
してくれる。

「彼女は彼女なりに考えて、意志をもって、おぬしらのそばにおるよ。それに気づかぬの

は、見ないふりをするのは愚かじゃのう。おぬしらは、か弱い小娘でしかない転校生の嬢ちゃんに、寄りかかるのをためらっておるようじゃが」

年長者らしく、あるいは魔物めいて。

それは心の奥まで浸透してくる、凶悪な毒のような、けれど優しい台詞《せりふ》だった。

「頼ってもらえんのも、それはそれで寂しいものじゃよ。傷つけることをためらって、遠慮して、仲間だ同志だと謳《うた》ってみても空々しい。なかみのない空虚《くうきょ》な言葉じゃ、おぬしらに必要なのは『そういうこと』なのにのう？」

「…………」

北斗くんたちは、押し黙る。私は、身悶えした。それはたしかに私の本心だけれど、できることなら言わないでほしかった。傷つき、疲れ果て、私みたいな不確定要素に縋るしかなかった――北斗くんたちを、さらに追いつめてしまう。

傷つけてしまう。

嫌だった。零さんの言葉を止めたかった、けれど双子が巧みに動いて私の前で通せんぼをする。舞台の邪魔をするな、というように。

吸血鬼の独演会が、刃物のような鋭さで北斗くんたちを切り刻む。

「それを理解せんうちは、転校生という劇物を取り扱わせるわけにはいかんのう♪」

魂を鷲摑《わしづか》みにして責め苛《さいな》む地獄の魔物さながらに、零さんは愉しそうに語る。

「そうじゃのう。我輩の『UNDEAD』か、双子の『2wink《トゥウィンク》』に組みこみ有効活用させてもらおうかのう――問題なかろう？　転校生の嬢ちゃんは、まだどの『ユニット』にも所属しておらんはずじゃ。正式に、おぬしらの仲間になったわけではない」

説教をされるちいさな子供みたいに、北斗くんたちは下唇を嚙んで俯《うつむ》いている。

「申請すれば、彼女を我輩たちの『ユニット』に迎えることはできる。我輩のほうが、よっぽど転校生の嬢ちゃんを有用に扱えるぞ？」

やめて、と私は自分でもわかるぐらい引きつった声で、叫んだ。零さんは相変わらずのほほんと、ただ微笑んでいる。北斗くんが――頷き、歩を踏みだした。

前へ。

堂々と、『Trickstar』のみんなを代表するようにして吸血鬼に向きあった。

「聞き捨てならん。断固として、抗議させてもらう」

その姿が誇らしく、嬉しかった。彼は恐怖と、正論を、真っ向から打ち破るために顔をあげて恐るべき魔物と対峙《たいじ》したのだ。私のために、まだ何者でもない彼が。

命懸けみたいな気迫とともに、せいいっぱい考えて、声を振り絞ってくれた。

「たしかに、俺たちは不足している。技術も何もかも、拙い。だが、転校生は俺たちの希望なんだ。絶対に奪わせない、たとえ『三奇人』のあなたにだって」

零さんの真正面まで歩いて、背の高い彼を真っ直ぐに見上げる。

そんな北斗くんを支えるみたいに、真くんとスバルくんも追随《ついずい》する。それに勇気づけられたのだろう、北斗くんの表情からあらゆる迷いも弱さも吹き飛んだ。

「偉いひとに上から言われたとおりに、唯々諾々《いいだくだく》と従うのはもうやめたんだ」

壮烈に、北斗くんは宣言した。

「くくく。文句があるなら、挑《いど》んでこい。がむしゃらになって、我輩の手の内から転校生の嬢ちゃんを取り戻すがよかろ。男の子なら、夢はその手で摑み取るべきじゃ」

嬉しそうに、零さんは表情を綻《ほころ》ばせる。

「我輩すら乗り越えられんようなら、生徒会と戦うなんぞ夢のまた夢じゃからのう。坊やたちよ――我ら軽音部に拉致された転校生を、見事に救いだしてみせるがよかろ。彼女が大事なら、ほんとうに一蓮托生《いちれんたくしょう》の仲間だと思っておるならのう?」

熱くて尊い男の子たちの意志を、喜びとともに受け入れて――なぜだろうか過剰に悪役ぶって、『三奇人』朔間零さんは朗々《ろうろう》と語る。

役者のように。

楽屋の隅っこで埃をかぶっていた愛すべき台本を、読みあげるみたいに。

待ちわびていた舞台の幕が開いて、歓喜《かんき》とともに登壇するみたいに。どこまでも演出過剰なことに――くちびるの隙間《すきま》から、尖った犬歯を覗かせて煌《きら》めかせて。

「魔物を退治した勇者には、加護と武器が与えられる。苦難を切り開き、未来へ進むためのちからを得られる。それを望むなら、踏みだしてこい。勇敢に、挑んでくるがよいぞ」

両手を広げて、あくまで余裕綽々《しゃくしゃく》と。

「最初の一歩を踏みだせなければ、坊やはいつまで経っても坊やじゃ。勇者にはなれん。

何も得られず、野垂《のた》れ死ぬだけじゃ」

その演劇の一場面めいた美しい光景を、すこし離れた場所でただ眺めるしかない自分が
――無性に寂しかった。悔しかった。

せめて近づきたくて、私も前へ進みでる。今度は、双子も邪魔しなかった。

よろめきながら駆け寄って、北斗くんたちのそばへ。

せめて並び立って、まだ支えることもできないけれど――近くにいたいと思った。

それを見て、零さんはいっそう嬉しそうに微笑むのだ。

「おぬしらには期待しておるのじゃよ、未来ある若者たちよ。どうか、我輩のまだ知らぬ
輝かしい未来を見せておくれ……♪」

そうして私たちは、吸血鬼の誘いで――運命の渦中《かちゅう》へと身を投じる。

舞台の幕は、あがったのだ。

「うがああああ！」
神秘的な雰囲気すら漂い始めていた軽音部部室に、すべてを引っ掻き回すような騒音が
響いた。夢から覚めたみたいに、私は驚いて音の出所を振り返る。
部室の片隅――室内をぼんやり照らす足元灯が蹴散らされて、奇妙な光が縦横無尽《じゅうおうむじん》に
走っている。それは彼の、晃牙くんの怒りを表現しているみたいだった。

燃える炎のごとき光の渦を全身に浴びて、逆光になった晃牙くんの表情はわからない。その全身を縛《いまし》めていた縄は壁にでも擦りつけてちぎったのか、ばらばらに散乱し、自由になった両手で猿轡をもぎとる。

全身を馴染《なじ》ませるように何度か跳躍し、がるるる、と晃牙くんは唸りながら身を低くした。狼のようだった——怒りで我を失っているのだろう、その双眸《そうぼう》からは理性が消え失せている。

獰猛な気配を漂わせる晃牙くんを、零さんはむしろ嬉しそうに眺めている。

「おや、わんこ。自力で脱出するとは、成長したのう……♪」

「テメ〜っ、好き放題にしやがって！　何を考えてんだコラァ、もう我慢できね〜ぞ！　ぶっ殺す〜！」

喚きながら跳びかかってきた晃牙くんを、零さんは抱きしめるようにして止めた。そのまま何度も噛みつかれたが、器用にぜんぶ「ひょいひょい」と避けている。牙が噛みあわされる、ぞっとしないような音が響いていた。

「落ちつけ、わんこ。敵を見誤るなというように、あまり誰彼構わず噛みつくようでは保健所に送るぞ？」

勢いよく突っこんできた晃牙くんを意外な腕力で放り投げ、零さんは事もなげに埃を払う仕草をする。宙を舞い、くるくる回転して着地、晃牙くんはまた突っこんでいく。

それ以降は、同じことの繰り返しだ。暴れる晃牙くんを、零さんがあやしている。

慣れている。手のひらで、転がしているみたいだった。

「深呼吸、するがよかろ。ほれ、おいしい駄菓子をやろう……♪」

完全に子供あつかいして、零さんが懐から飴玉《あめだま》を取りだしている。もちろん晃牙くんは激怒し、「がぁあ！　馬鹿にしやがって！」と怒鳴りながら壁を蹴った。

それから八つ当たりするみたいに、成り行きを唖然《あぜん》として見守っている私たちを睨みつけてくる。こちらまで襲われては堪らない、と私たちは後ずさった——ちなみに双子は誰よりも機敏に、真っ先に部室の外まで退避して気楽に歓声を送ってきていた。

気が抜けるようなコメディじみた状況のなか、晃牙くんが律儀なことに深呼吸してから——たしょう落ちついたらしく、私たちを指さしてくる。

「ていうか、何でその女と……A組のアホどもが軽音部の部室にいるんだよ！　テメ～ら！　俺様の聖域に、気安く踏みこんでんじゃね～よ！」

「ううむ、いちから説明するのは面倒じゃのう……。おぬしが転校生の嬢ちゃんに迷惑をかけたというから、『ごめんなさい』する機会をつくってやったのじゃよ？」

「頼んでね～よ、そんなこと！　つうか俺様は悪くねぇっ、ボケッと突っ立ってたその女が悪いんだろうが！　俺様は、絶対に謝らね～からな！」

「くくく。気に病んでおったくせに、そういうところは繊細《せんさい》じゃからのう。わんこがほんとは優しい良い子であることを、我輩は知っておるよ……♪」

「殺す～！」

零さんと晃牙くんが、仲良さそうに殴りかかったり避けたり——部室のなかを走り回ったりして、私は目が回りそうになってしまった。

混沌《こんとん》としてきた状況のなか、倒れこみそうになった私をそっと支える手のひらがあった。振り向くと、いつの間にか戻ってきていた双子がそこにいる。

私をサンドイッチにするみたいに、左右にまとわりつきながら——双子がどうにか、蛮《ばん》行《こう》を繰り広げる晃牙くんをなだめようとする。

「まぁまぁ、先輩」

「落ちついて、落ちついて」

「うがぁ！　双子っ、テメ～ら邪魔すんな！」

私をしっかり立たせたあと、ふたりはほぼ同じ動きで晃牙くんに接近し、左右から羽交《はが》い締《じ》めにする。ふたりがかりなのに、怒りに我を失っている晃牙くんの勢いは抑えきれず、吹き飛ばされそうになっていた。

さながら晃牙くんは、人間のかたちをした竜巻のようだった。

「つうか、吸血鬼ヤロ～の酔狂《すいきょう》に付きあってんじゃね～ぞ！　どうせ、ろくなことにはならね～んだからな！」

あまり後輩に乱暴したくないのだろう、晃牙くんが歯軋《はぎし》りしてやや大人しくなった。

「テメ～らにも言ってんだぞ、『Trickstar』よう！　転校生っつうのか、その女をちゃんと守ってろよ！　吸血鬼ヤロ～なんぞに、つけこまれやがって！」

「ふむ。耳が痛いが、俺はこれも縁だと考えたい」

文句をつけてくる晃牙くんの言葉を受けて、北斗くんが代表するみたいに応えた。晃牙くんの物言いは、何だか私たちのことを心配してくれているみたいである。

むしろ和《なご》んでいる私を「？」と怪訝《けげん》そうに見てから、北斗くんが天井を振り仰ぐ。晃牙くんという名の暴力から逃れるため、零さんは天井の角に蜘蛛みたいに張り付いていた。

動きがいちいち、人間離れしている。

「朔間先輩、恥を忍んで頼みたい。俺たちに、ちからを貸してくれないか？」

すこし情けない姿勢の零さんを、北斗くんは真っ直ぐに見上げて頼みこむ。

「生徒会と拮抗《きっこう》しうる実力者、『三奇人』のあなたの助力が得られれば心強い。ちょうど、俺たちは指導者を求めていたんだ」

先ほどまでの一触即発の緊張感はいつの間にか消えていて――北斗くんも穏やかに、けれど決然と言葉を尽くす。

「できれば、争いたくはない。俺たちの敵は、生徒会だ。もてるちからを結集し、協力者を増やして、すべてを賭けて抗いたい」

殊勝に、北斗くんは訴える。

「無論、虫のいい話だというのはわかっているが」

零さんは興味を引かれたのか、面白がっているだけ――みたいな雰囲気を消して床に舞い降りてくる。音もなく着地し、間近から北斗くんをじろじろ見た。

獲物を品定めする野獣か、これから箸をつける料理のにおいを確かめる美食家のようだ。吸血鬼は何を考えているのかわからない奥の深い笑顔で、探《さぐ》るように言の葉を紡《つむ》ぐ。

「たしかに、虫がいい。おぬしらの都合でしかない、我輩に得はないのう。だいたい『三奇人』ならおぬしも見知っているはずの――日々樹くんに、助力を請えばよかろう？」

「あの変態は駄目だ、言葉が通じん」

私の知らない名前を聞いて、北斗くんが苦虫を嚙みつぶしたような顔になった。

「何より、日々樹先輩は今のところ生徒会を贔屓《ひいき》している。所属する『ユニット』も、生徒会の最大戦力たる『fine《フィーネ》』だ」

「ふむ、ゆえに我輩か……。理屈じゃのう、小賢《こざか》しいともいえる」

『fine』という名前も、私はまだ知らない。何も、知らないのだ。彼らの物語に後からまぎれこんだ、いまだに脇役にもなれていない舞台装置のひとつだった。

それがやっぱり、とても寂しい。

せめて木偶《でく》の坊《ぼう》みたいに突っ立っているのが嫌で、ひとつひとつ重要そうな単語を、情報を――覚えておく。メモをとる。調べて、探って、関わりたい。

「だが、正しい。もうひとりの『三奇人』たる深海《しんかい》くんは、日々樹くんよりなお言葉が通じんからのう。あれは、もはや宇宙人じゃ」

朔間さんと、『日々樹』『深海』という名前の人物が――『三奇人』らしい。

『三奇人』というものが何なのか、具体的にはまだ実感できていないけれど。それは夢ノ咲学院における、重要人物なのだろう。

その『三奇人』のひとり——零さんは北斗くんの誠意に応えるように、ふざけているような表情を消して、真摯に語ってくれる。

「我輩とて、生徒会の暴虐《ぼうぎゃく》には腹に据《す》えかねておるよ。とはいえ……まがりなりにも現在の夢ノ咲学院では、生徒会こそが秩序《ちつじょ》じゃ」

けれど迂闊には、ちからを貸してくれない。重要人物だからこそ、かんたんに動くわけにはいかないのだ。歴史を、運命を変える、ねじ曲げる立場だからこそ。

おそらく『三奇人』は、取り扱い注意の難物《なんぶつ》なのだろう。

しかしそれは、用法を過《あやま》たなければ強力な武器になる。前のめりになった北斗くんを平静にさせるためにだろう、零さんはいちど視線を逸らして間を外した。

「あまり徒に手出しをしたくはないのう、平和が『いちばん』じゃ。とはいえ——我輩をその気にさせる『何か』がおぬしらにあるのなら、吝かでもないがのう？」

そして、あらためて向き直ってくる。

期待するように、その血色の双眸が熱っぽく輝いている。

「我輩がちからを貸すに足る輝きを、おぬしらは有しておるのかのう？」

「金か！　金がほしいのか！　いやしんぼめ、『輝き』といえば『金』だからな！」

「明星は、黙っていろ」

北斗くんがろくでもないことを言い始めるスバルくんの頭をはたいたけれど、いつもの雰囲気が戻ってきて——むしろ、安心したみたいに微笑んだ。

探り探りで、ゆっくりと、私たちは前進している気がした。

巡りあわせで出会った吸血鬼に、私たちは自分自身の価値を示せるだろうか。

否、意地でも零さんの心を動かして——ちからを貸してもらう必要があるのだ。爆薬を手にして、現状を覆《くつがえ》すために。革命のために。

この地獄のごとき夢ノ咲学院に、みんなの笑顔を取り戻すために。


「ところで、さっきから気になっていたんだが——」

今さらすぎるけれど、北斗くんが私を横目で見て首を傾《かし》げた。私はまた双子に捕まって、彼らが奏《かな》でる音楽にあわせて、踊らされている。

ひなたくんのほうがギター、ゆうたくんのほうがベースを演奏している。先ほどはひなたくんがドラム、ゆうたくんがシンセサイザーだったけれど——いろんな楽器を気分で使い分けているみたいだ、どの楽器も抜群に上手で感心してしまう。

しかし、演奏を褒める余裕もない。私は演奏にあわせてステップを踏み、ダンスすることを強要されている。着慣れない服だし、踊りなど初めてだけれど、嫌がったり断ったりすると双子があまりにも残念そうな顔をするので——できるかぎりで、努力する。

ほどよく休憩できたし、だんだん慣れてきた。双子も、的確に指示を飛ばしてくれる。

とはいえ、本職のアイドルのみんなに比べたら無様《ぶざま》な踊りだ。

もちろん踊りながら歌うなど、無理だ。息が、つづかない。アイドルはどうして当たり前のようにそれができるのだろう──レッスンしているから、努力しているからなのだろうけれど。あらためて、彼らの凄みを実感する。

あぁ、アイドルというのは──。

みんなを笑顔に、幸せにするというのは、こんなに大変なのだ。踊るごとに身体が砕けそうになる、歌声はまるで喉の奥からでてこない。魂を削り、命を砕いても、ぜんぜん足りない。アイドルは、電池をいれたら動く玩具《おもちゃ》などではない。

生身の人間が、私と同年代の子供が──こんな過酷なことを、やっている。毎日、平凡に淡々と過ごしていた私と同じ世界で、この現実で、死力を振り絞って戦っていた。

それを、思い知った。

私は、そんな当たり前の事実すら実感できていなかった、自分を恥じた。この夢ノ咲学院にいるのはみんな、ふつうでは考えられないことを行っている超人たちだ──少年漫画の登場人物みたいな、選ばれた、あるいはその立場を勝ち取った英雄たちなのだ。

恋愛や、その他の楽しいことや嬉しいことを、同年代のみんなが当たり前に甘受《かんじゅ》しているものを切り捨て──振りきって、売り払って、青春のぜんぶを捧《ささ》げて努力している。血と汗と涙を流して、流し尽くして、宝石のような輝く結晶になったのだ。

あまり北斗くんたちに見られていることを意識したくなくて、何だか無性に申し訳なくて、私は彼らに背中を向けた。

　自分でも、何をやっているのかわからないのだけれど——楽しくはあった。このダンスは零さんに言われて始めたことだ、双子も彼の指示で私に付き添ってくれている。何かの意味があるはずだ、ならば逃げてはいけない。

　ただの悪ふざけ、お遊びではないと信じたい。難しい話は北斗くんたちに任せて、私は与えられた役目を果たす。自分なりに、どうにかこうにか——。

　脇役でも、背景でも、今、みんなのそばにいる。偶然でも悪い冗談でも、どんな意地悪な神さまの采配《さいはい》でも、ここにいる。関わってしまったからには、せめてみんなの邪魔にならないように、すこしでも役に立てるように、私も必死にならなくてはいけない。

　できることを全力で、がんばるしかない。

「何をやっているんだ、転校生は。双子と、遊んでいるのか？」

「品定めじゃよ、ざっくり言うとな」

　訝しげな北斗くんに、零さんが手拍子を打って囃しながら説明する。

「学院の生き字引きと呼ばれた我輩も、転校生であるあの嬢ちゃんについては一切のデータをもたぬ。どんなもんなのか、実力を見せてもらっておる」

　そういう意図だったらしい。とはいえ、恥ずかしいことに——私はぜんぜん上手に踊れない。当たり前だ、こちら方面については素人なのだから。

　私の体力は、おそらく同年代の女子と比べても平均かそれ以下だろうし。

それで男の子たちのなかに放りこまれるとなると、貧弱《ひんじゃく》すぎる。

「しかしまぁ、ほんとに素人じゃのう。歌唱力、ダンス力、すべてにおいて足りぬ。『アイドル』ではなく『プロデューサー』らしいからのう、仕方ないかのう？」

零さんが口にした評価に、北斗くんが「むっ」として食ってかかる。

「転校生に駄目出しをするために、あなたは彼女を攫ったのか？」

「それもある、うちの子の無礼を詫《わ》びる『ついで』じゃがのう。まずは実力を見たいと我輩が言ったので、彼女は素直にそれに応えてくれておるのじゃよ」

そういう、経緯である。もっと早めに事情を説明してほしかった、自分で言えばいいのだけれど。

説明が、お喋りが苦手だ。アイドルどころか、『プロデューサー』にすら向いていないだろう。けれどどこにも逃げ場はないし、せめて与えられたことを全力でやらなくては。私はほんとうに、生きている価値がない。

無心で踊る私を、零さんは微笑ましそうに眺めている。

「良い子じゃのう、素直で真面目で……。一生懸命で。何もできん、何も知らんのに自分にできることを必死で探しておる」

私自身より的確に、私のことを把握して――。

思わず「どきり」とするようなことを、零さんは口にした。

「彼女はのう、昨日……。保健室で、おぬしの独白《どくはく》を聞いておった。氷鷹くんじゃったかのう、おぬしのな。魂の嘆きを、聞いておったようじゃよ」

どうして、知っているのだろうか。私は、零さんに昨日のことについては何も説明していない。ずっと踊っていただけだ、それなのに。

ほんとうに、夢ノ咲学院のことなら何でも知っているのだろうか。恐るべき『三奇人』から視線を外し、北斗くんが目を丸くして私を見てきた。

「……あのとき起きていたのか、転校生？」

「うむ。おぬしの分厚《ぶあつ》い氷《こおり》のような外面のしたに隠した激情を、彼女は知った。それを、無視できなかったようじゃの」

零さんはあっさりと私が言えなかったことを暴露《ばくろ》して、笑みを深くする。

「優しい子じゃのう、今は『優しさだけが取《と》り柄《え》』のようじゃが。そんな良い子に、おぬしらは恥をかかせるのか。彼女だけに、がんばらせるのか。ともに戦うのではなかったのか、仲間にしたいのではなかったのか？」

諭すように、零さんは『Trickstar』の面々を順繰《じゅんぐ》りに眺めながら語る。その視線が、茨《いばら》のように絡みつく。ここは吸血鬼の根城《ねじろ》だ、すべてが彼の支配下なのだ。

「我輩を口説く前に、やるべきことがあるのではないかのう。無力で愚かで向こう見ずで——けれど希望を手にいれたはずの、坊やたちよ」

零さんの声には、魔力があるみたいだった。

「我輩にも、その希望を見せておくれ」

その言葉に促されると、誰も逆らえない。

「転校生の嬢ちゃんひとりでは、無力じゃ。輝けない。けれど、おぬしらは孤独ではない。『ユニット』であろう、星の名をもつ子供たちよ」


零さんは指揮者《しきしゃ》のように、手のひらを振る。

どこまで、私の内心を察しているのだろうか――そうだ、私はみんなのそばにいたかった。自分から歩み寄ることも、こちらにきてとお願いすることも、できなかったけれど。そんなことすら言葉にできない、口べたで、臆病な私だけれど。

そんな情けない私でも、みんなのそばにいてもいいのなら――ゆるされるなら、何でもする。昨日、みんなの魂に触れたから。心の深いところを、見せてもらえたから。

そこに浮かびあがった疵痕《きずあと》を、癒《い》やしてあげたかった。

せめて痛みを忘れるぐらいに、楽しい時間を過ごしてほしかった。そのために踊る、道化にでもなる。私はかつて何も守れずに、ぜんぶ捨てて愚《おろ》かにも逃げてきた。この、夢ノ咲学院に。もうどこにも行けない、行かない。みんなの、そばにいる。

ひとつだけ、我が侭《まま》が言えるならば――せめて居心地のいい場所で、笑っていたい。そのためならば何でもする、みんなと一緒に戦う。偶然でも悪い冗談でも何でも、私は『プロデューサー』なのだから。みんなのために働く立場を、資格をもっているのだから。

その私がもっている唯一のものを、せめて使わずに逃げることだけは、しない。それが、私の『けじめ』だ。

いちど逃げてしまった私の、贖罪《しょくざい》だ。

「『Trickstar』よ、おぬしらの輝きを見せておくれ。彼女は、きっとそれを何倍にも何十倍にも煌めかせる、触媒《しょくばい》じゃ。希望の光じゃ、それを失ってはならんよ？」

「……そうだな。すまん、転校生」

零さんの言葉に、北斗くんが頷く。

「俺はまた、焦って見誤ってしまうところだった。今は、おまえだけを見ていよう――おまえの気持ちに、応えよう。その心に触れて、大事にしよう。それを反射し増幅して、いつか俺たちは、すべてを照らす輝きを放とう」

北斗くんが、スバルくんが、真くんが――。

みじめったらしく踊る私を、見つめる。その視線が、怖い――恥ずかしい。けれど彼らは嘲笑うことも、軽蔑《けいべつ》することもなかった。ただ、何かの感情に突き動かされている。

そして誰ともなく、進みでる。私のそばへ、歩み寄ってくる。

「歌と踊りを所望《しょもう》なら、俺もそれを見せよう。品定めしてくれ、朔間先輩」

語りながら、北斗くんが私の肩を優しく叩いた。男の子らしいコミュニケーション――まだ慣れないけれど、快かった。そのまま彼は私をあろうことか手荷物みたいに小脇《こわき》に抱えて、そのへんに置いた。

私を丁寧に座らせると、北斗くんは零さんを振り向いて宣言する。

「俺が発揮するパフォーマンスは、転校生のパフォーマンスだ。彼女は『プロデューサー』で、俺は『アイドル』だからな。俺が輝けたなら、それは彼女が輝かせたんだ」

北斗くんの横に、スバルくんと真くんが並ぶ。何かが、始まろうとしていた。私たちの物語が、ライブが、薄暗がりの軽音部部室のなかで。

産声《うぶごえ》をあげ、羽ばたき始めようとしていた。

「彼女の実力を見定めるなら、まず俺たちのすべてを見てからにしろ。それからでも遅くないはずだ、最大限に善処する。俺たちの実力を、示してやるぞ――『三奇人』朔間零」

挑戦するように告げると、北斗くんは私を真摯に見つめてくる。

「……待たせた、転校生。すまない、遅くなって」

双子の演奏は、鳴り止まない。それにあわせて、北斗くんはステップを踏み始める。

歌うのだ、踊るのだ――アイドルらしい正攻法で。

彼らは自分のぜんぶを、零さんと、私と、全世界に見せつけようとしている。

「一緒に、前へ進もう。おまえは、俺たちの希望の星なんだ。肩を並べて、ともに歩もう。おまえと一緒に進みたいんだ、それが許されるなら」

「俺も、俺も！　何度も言わせんなよ、転校生を独り占めにすんな！」

見つめあう私と北斗くんに割りこむみたいに、スバルくんが北斗くんと肩を組んで、満面の笑み。手を伸ばせば触れられる距離から、語ってくれる。

「ひとりでぜんぶ背負《せお》おうとすんなよ、それも何度も言っただろ？　ひとの話はちゃんと聞けよ、ホッケ～！」

　みんなが憧《あこが》れるアイドルに、その青春に——こんなに間近で関われる。

　最前列で、彼らの勇姿を目撃できる。

　私は、とてつもなく幸せものだった。

「俺たちは、ひとりひとりはちっぽけな光だ！　でも、みんな集まれば太陽だって霞んじゃうよ！　それが、『Trickstar』だ……☆」

「あっ、僕も！　及ばずながら、お供するよ！」

　いつも出遅れる真くんが、それでも必死になって追いすがってくる。遠慮がちに北斗くんとスバルくんの後ろから顔を覗かせて、はいはい、と手を挙げて自己主張した。

　人形めいた綺麗な顔立ちで——けれど誰よりも人間らしい、親しみやすい表情だ。等身大の男の子として、私に向きあってくれる。とびっきりの、笑顔で。

「僕も転校生ちゃんと同じぐらい、何もわからないから。一緒に、大事なものを見つけていけたらいいなって思ってるよ！」

　そんな真くんの言葉が合図になったかのように、三人がそれぞれ等間隔《とうかんかく》に並ぶ。制服のまま、リハーサルもしていない即興《そっきょう》の——ライブが始まろうとしている。

　私が初めて見る、『Trickstar』のライブが。

　私は、きっと永遠に忘れない。万が一にでも、遠い未来に、私がどれだけ偉大な『プロデューサー』になれたとしても。このときの、何の舞台装置もない、観客も私を含めてほんのわずかの、こぢんまりとしたライブのことを。

奇跡のような、この刹那《せつな》の幸福を。

「くくく。よいぞよいぞ、みんな血気盛《けっきさか》んで好ましいのう。むしろ、『待ってました』と言いたいところじゃわい」

そんな『Trickstar』の面々を愛《いと》おしそうに眺めつつ、零さんが私の横に座りこんだ。両足を投げだすようにして、完全にリラックスしている。獲物を狙う野獣でも、他人を毒する魔物でもない――頼もしくも優しい、同じ夢ノ咲学院の先輩として。

物語の始まりを、私と一緒に祝ってくれた。

「あぁ若返るのう、懐かしいのう。青春じゃのう、永らくこの学院から失われていた輝きじゃのう。存分に注いでおくれ、おぬしらの光を。灰になっても、本望じゃ。我輩は、それを見るために老醜を晒して生きてきたのじゃよ」

同意を求めるみたいに、横に並んだ私に片目を瞑って――。

「くっくっく、長生きはするものじゃのう♪」

老人めいた物言いに反して、青春を謳歌《おうか》する若者らしく奔放《ほんぽう》に笑った。

Legend

「ふむ」

零《れい》さんがいつの間にか用意していた紙パックのトマトジュースをべこべこに凹《へこ》むほど啜《すす》ってから、ふと吐息《といき》を漏《も》らした。気がつけばたっぷり時間が経過しており、とっくに昼休みは終わっている——どころか、授業もぜんぶ片付いてしまった刻限だ。

時間の停止したような薄暗《うすくら》がり、軽音部部室のなかにずっといるので、今が何時何分かも曖昧《あいまい》だけれど。

私は時刻など気にする余裕もなく、あらゆることを忘れて没頭《ぼっとう》していた。

目の前の、奇跡に。

『Trickstar《トリックスター》』の、ライブに。

彼らは、何か特別なことをしたわけではない。歌って、踊《おど》って、パフォーマンスを見せてくれただけだ。誰もがよく知るような、双子の奏《かな》でる曲にのせて。即興《そっきょう》でダンスをして、声をあわせて歌っただけだ。

それだけ、なのに。

零さんが私を横目で眺《なが》めてから、思いだしたように拍手をする。

「成る程、成る程。ひとしきり、おぬしらのパフォーマンスを見せてもらったがのう。もうよいぞ、お終《しま》いにせい」

「はひ～！　よかった、やっと終わり？　ぶ、ぶっつづけで何時間やらせるんだこのひとは……!?」

いちばん体力がないらしい真《まこと》くんが、へなへなとその場に座りこんだ。身内とはいえ本来は観客の前で見せるべき態度ではないだろうけれど——そんな真くんに小言《こごと》を垂れる元気もないらしく、北斗《ほくと》くんも肩で息をしながらぼやいた。

「おそらく、俺たちの体力も品定めしたのだろう。ライブは、体力勝負だからな」

汗を拭《ぬぐ》い、彼はつけたままだった腕時計を確認する。そういえば制服だったのだ——運動する格好ではない、なのに彼らは立派にやり遂げた。

乱《みだ》れた髪を整えながら、北斗くんは反省するように、壁に手を添えて項垂《うなだ》れた。

「午後の授業を、まるまるサボってしまったな。転校生にいたっては、二日連続で。俺たちのせいで、学院から問題児と思われてしまわないか心配だな……？」

「ひ、氷鷹《ひだか》くんはわりと平気そうだね？　さすがだなぁ、憧《あこが》れちゃうよ！」

もう指先を動かす元気もないらしい、へたりこんだままの真くんが褒《ほ》めている。けれど北斗くんは驕《おご》らずに、ちからなく首をふった。実際、ずっと見ているだけでこちらが疲労困憊《こんぱい》するぐらいの、ぶっつづけのライブだった。

ひたすらずっと、全力疾走《しっそう》したようなものだろう。

常人なら、倒れる。最後までやり遂げただけでも、みんな普通では考えられない凄《すさ》まじい気力と根性だといえる。

けれど北斗くんは不満そうに、歯噛《はが》みして悔《くや》しがってすらいた。

「いや。正直、立っているだけで精一杯だ。足がガクガクしている、俺はあまり顔に疲れがでないタイプのようだ」

「どうだった、俺たちのパフォーマンスは？　生徒会に、勝てそう？　ねぇねぇ♪」

スバルくんが思いっきり零さんに飛びついて、くるくる回転している。

真くんが「うへぇ」と変な声をあげて、ついに仰向《あおむ》けに倒れこんだ。

「明星《あけほし》くんは、何であんなに元気に飛び跳《は》ねていられるんだろう……。ちょ、超人か!?」

「あいつは『もの』がちがうからな、ついていくだけで大変だ」

北斗くんが感心するみたいに、むしろ時間が経《た》つごとにどんどん元気になっていくスバルくんを——羨《うらや》むように眺めて、独《ひと》りごちた。

「明星は、本来ならばもっと評価されているべきだ。俺たちに付きあって底辺を這《は》いずり回らなくても、もっと上を目指せる逸材《いつざい》なのだが」

「お金ちょうだい、お金☆　パフォーマンスを見せたんだから、そのぶんの報酬《ほうしゅう》ちょうだい～♪」

「……性格には、難ありだが。そこが、評価されにくい理由なのだろうか？」

親戚《しんせき》にお年玉をねだるみたいに、零さんにまとわりついているスバルくんを眺めて——素直に褒めるのも馬鹿馬鹿しく思ったのだろう、北斗くんがくちびるをひん曲げた。

流れる汗を恥《は》じるように、手の甲《こう》で強く拭って。

「まぁいい。朔間《さくま》先輩、どうだった？」

あっさりと呼吸を整えると、北斗くんは座りこんだままの零さんに向き直った。

「俺たちは、あなたのお眼鏡《めがね》にかなっただろうか？」

「くくく。そう焦《あせ》るな、急いては事をし損《そん》じるぞ」

零さんも「よっこいしょ」などと言いながら、ゆったりと立ちあがる。何のつもりかと思えば、棺桶《かんおけ》のほうへ歩み寄り、その内部に収納された新たなトマトジュースの紙パックを取りだしている。もしかして、棺桶のなかに冷蔵庫でも内蔵されているのだろうか。

奇行ともいえる動きをしながら、零さんはそのまま棺桶に腰掛《こしか》けた。

「若いのう、未熟じゃのう、青くさくってたまらんのう……♪」

「未熟、か。たしかにそのとおりだ、実力不足は承知している」

北斗くんにとっては不満の残るパフォーマンスだったのだろう、ぶつぶつと反省点らしいことを口のなかでつぶやいている。もっと踊れたとか、互いの立ち位置がどうとか、持ち味を活《い》かせなかったとか——現状に満足せず、さらなる高みを目指している。

彼らは、まだ歩き始めたばかりなのだ。

ここで満足してしまっては、先はないのだろう。努力し、一歩ずつでも前進しなくてはいけないのだ——過酷《かこく》な修羅道《しゅらどう》に、彼らは立っている。

疲れた様子で棺桶に両手をつき、天井を見上げている零さんに、北斗くんは不安そうに繰り返し問うた。

「朔間先輩、どうも顔色が優れないようだな。俺たちは、不合格か？　あなたを、楽しませることはできなかったのか……？」

「くくく、だから焦るなというのに」

零さんは紙パックにストローを突き刺して、何でもない調子で言ってのけた。

「不合格など、とんでもない。天晴《あっぱ》れ、天晴れ♪　合格か不合格かでいえば、文句なく合格じゃよ」

その言葉に、むしろ北斗くんたちのほうが意外そうに、目を丸くしていた。

それを愛らしいものでも見るように見て、零さんが惜しみない賞賛《しょうさん》を贈《おく》る。

「おぬしらのパフォーマンスには夢があった、未来を切り開く可能性が充《み》ち満《み》ちておったよ。それは、我輩の手に余るほどの輝きじゃ」

貴婦人のように腰掛けたまま、吸血鬼《きゅうけつき》は真摯《しんし》に告げる。

「とはいえ。おぬしらは指導者を求めておるようじゃが、我輩とおぬしらは所詮《しょせん》は他人。ドリフェスでは敵対することもあろう、ゆえにおぬしらの『仲間』にはなれん」

そして、呵々大笑《かかたいしょう》した。

「じゃが……年寄りの知恵袋を貸すことぐらいは、してやろうかのう。むしろ、言いたいことが山盛りすぎて破裂《はれつ》してしまいそうじゃ！」

上機嫌に、零さんは『Trickstar』を眺めている。思わぬ拾いものをしたみたいに、それが思っていた以上の価値をもっていることを知ったみたいに。自分が、世界でいちばんの幸運に恵まれた果報者《かほうもの》であるというように。


あくまで愉《たの》しそうに、零さんは歌うような調子で語った。

「おぬしらをどうプロデュースするか、考えておったら放心してしまったわい。長丁場で疲れたしのう、我輩は身体《からだ》が弱いんじゃよ。しかしまぁ、夢が広がるのう♪」

けれど、釘《くぎ》を刺すのも忘れない。

「おぬしらの技術はまだ拙《つたな》い、協調性も皆無じゃ。『ユニット』を組んでおる意味がない、個々人の魅力が活かせておらぬ。けれど華がある、磨《みが》けば光る宝石じゃのう」

きちんと駄目《だめ》出しをしてから、零さんは私を見遣《みや》った。

「転校生の嬢《じょう》ちゃんは、どう感じた？」

足が痺《しび》れたみたいに座りこんで動けない、どこまでも情けない私に――冷徹《れいてつ》に、けれど期待をこめて語りかけてくる。

「みんな、おぬしのために身体を張ったのじゃ。感じ入るものは、あったじゃろう。先ほどの彼らのパフォーマンスはすべて、おぬしのために捧《ささ》げられたものなのじゃから」

そうだ。

北斗くんが、言ってくれたのだ。

彼らはアイドルで、私は『プロデューサー』だから——彼らが最高のパフォーマンスをすれば、それは私の成果でもあると。彼らの輝《かがや》きは、私の輝きでもあると。

自分たちと、私の価値を見せつけるために、彼らは何時間も歌って踊ってくれたのだ。未来のために、『三奇人』朔間零さんを味方につけるために。

牢獄《ろうごく》のようなこの夢ノ咲学院《ゆめのさきがくいん》で、ずっと抑えつづけ、隠《かく》しつづけるしかなかった自分自身をぜんぶ晒《さら》けだしたのだ。それは押しつぶされてしまいそうなぐらい、重たくも嬉《うれ》しい事実だった。

まだ私は、自分自身が『プロデューサー』だとは思えない。彼らのために、何もしてあげられていない。そばにいただけ、見ていただけだ——それなのに。

彼らは私を『プロデューサー』と呼び、全身全霊《ぜんしんぜんれい》を尽《つ》くしてアイドルとして振る舞ってくれたのだ。その気持ちに報いなくては、せめて拍手を贈らなくては。

嬉しい、ありがとう、それだけでも伝えなくては。

「おぬしが感じたことが、すべてじゃ。それを聞かせておくれ、我輩《わがはい》の意見などこの場合は意味がない。おぬしの宝箱じゃ、その価値はおぬしが決めい」

何も強制せずに、零さんは私が口を開くのを待ってくれた。

「我輩は、へたに長生きしておるからのう……。知識が、経験が邪魔《じゃま》をする」

どこか寂《さび》しそうに——遠い目をして、彼は心臓のあるところを手で覆《おお》った。きちんと鼓動しているのか、確かめるみたいに。

「これまで夢ノ咲学院で輝きを放った綺羅星《きらぼし》のごときアイドルたちに比べれば、おぬしらはまだヘッポコじゃよ。ピヨピヨ鳴いとる、かわいい雛鳥《ひなどり》ちゃんじゃ♪」

すぐにその物哀しい仕草をやめて、零さんは仮面をかぶるみたいに穏《おだ》やかな笑みになる。浮かれたそぶりで、指を振り振り——。

「この転校生の嬢ちゃんには、余計な知識がない。まるっきりの素人《しろうと》じゃ、パフォーマンスの役には立たぬ。だが、それは強みにもなりうるのじゃ」

実際、アイドルの疑似体験をして——実体験をして、私はその大変さを思い知った。私は、アイドルにはなれそうもない。けれど『プロデューサー』として、この夢ノ咲学院で生きていくしかない。

奇妙な運命のなかで、藻掻《もが》くしかないのだ。

「おぬしらがアイドルとして歌を届けるのは、彼女と同じく無知で、残酷《ざんこく》で公平な、一般人じゃ。ゆえに彼女の意見には、その生の声には他に代え難い価値がある」

そこまで語ってから、ふと零さんは意外そうな顔をした。やがて、その麗《うるわ》しい顔貌《がんぼう》に先ほどまでとは明確に異なる——ごく自然な、笑みが浮かんだ。

「……おや、嬢ちゃんも放心しておるのう」

その言葉の、とおりだった。

私は、文字どおり放心していた。心を投げだし、何も考えられずに——ただ酔いしれていた。興奮と、喜びの溶けあった酩酊感《めいていかん》のなかで、呆然《ぼうぜん》としている。

こんなことは、生まれて初めてだった。

未体験の感情のなかで、私はいつも以上に無口になって――腰を抜かしてへたりこんで、項垂れていた。

ぺしゃんこになって、心は人間らしい輪郭《りんかく》を保てずに、いろんな感情が溢《あふ》れて破裂しようとしていた。

「くくく。若くてかわいい男の子から、しかも三人から、熱烈に求愛されたようなもんじゃからのう。うぶな小娘には刺激が強かったかのう、羨《うらや》ましいのう♪」

衝撃的《しょうげきてき》なことを言いながらも、零さんは棺桶のうえで足を組んだ。そうしていると、魔王のようだ。十字架《じゅうじか》に絡《から》みつき、聖者を堕落《だらく》させるため誘惑の言葉を吐《は》く、悪魔そのものだ。

けれどそんな彼に助力を請《こ》うたのは、私たちだ。

危険な領域に、私たちは望んで踏みこんだのだ。

「まぁよい、『Trickstar』よ。まずは、楽しい余興をありがとう。感謝しよう、寝惚《ねぼ》けまなこを擦《こす》って起きてきた甲斐《かい》があったというものじゃのう。おぬしらは足りない、欠けておる。けれど、それを埋《う》めればもっと輝ける」

老人か心のない魔物のように振る舞っていた零さんは――魂の輝きを放つみたいに、とびっきり優しい笑顔と声で喜びを表現してくれる。

「この転校生の嬢ちゃんは、感受性が強いようじゃ。おぬしらの想《おも》いを、素直に受けとめられる。見るがよい、感動のあまり泣いておるぞ？」

そう――私は、泣いていた。自分でも不思議なぐらいに、次から次へと止めどなく熱いものが溢れて、頰《ほお》を、顎《あご》を伝って滴《したた》り落ちる。こんなふうに泣いているのは子供みたいで恥ずかしくて、けれど止まらなくて、顔もあげられずに嗚咽《おえつ》を漏らしている。

もちろん、哀しい涙ではない。感動と、喜びの涙だ。

まだ着慣れない夢ノ咲学院の制服に、濡《ぬ》れ染みができる。

全身が、震えていた。

「この嬢ちゃんなら、おぬしらの『足りないところ』を埋められるやもしれんのう」

どこか遠くから聞こえるみたいな零さんの声が、ぼんやりと心のなかで反響する。私はそんなだいそれた人間ではないけれど――期待に、希望に、応《こた》えたかった。

『Trickstar』という名の隕石《いんせき》が、私の心に直撃して、おおきな波紋《はもん》を広げている。口べたで、自己表現が苦手な私のなかに、いくつもの言葉と感情が生まれていく。

それは今はまだ、涙のかたちで流れていくだけ――。

けれど。このとき受け取った熱いものを、すこしずつでも価値のあるものにして返したかった。何だかとっても、生まれてきてよかった。


「ふむ、どうしたもんかのう――転校生の嬢ちゃんが放心したまま、まったく動かんようになってしもうた」

そっとしておいてくれるつもりだろう、零さんはすぐに私から離れて——息を整え休んでいる『Trickstar』の面々《めんめん》を、眺める。

「この子が正気に戻るまで、我輩がおぬしらの品評《ひんぴょう》でもしてやろうかのう♪」

零さんが歩み寄ってきて、私の頭をぞんざいに「ぺしぺし」と叩《たた》いた。そんなことをされても反応もできない、私はほんとうに魂《たましい》が抜けたみたいになっていた。

ひとりひとりを、経験を積んだ年長者として——評価する。

「明星《あけほし》スバル」

「あっ、はい！　何ですか、お金ですか！　くれるんですか？」

「誰も、そんなこと言っとらんわい。いいから、おとなしく聞くがよかろ」

ほんとうに信じられないぐらい元気なスバルくんが、飛びついてくる。零さんはもはや化け物でも見るように——この輝かしい年下の男の子を、眺める。

強引に振り払うこともせず、されるがままになりながら。

孫をあやす祖父《そふ》さながらに、零さんはスバルくんの頭を撫《な》でる。

大事な宝物を磨くみたいに、愛《いと》おしそうに。

「とはいえ、実はおぬしには言うことはない。おぬしは、一人前じゃ。アイドルとして必要な技能はすべて規定値以上に、すでに有しておる。歌も踊りも魅力も何もかも、のう」

百点満点、みたいな評価だ。スバルくんはあまり実感がないのか、首を傾《かし》げているけれど——ほんとうに、彼は飛び抜けていた。まさに、天才なのだろう。神さまが特別な才能を与えた、時代の寵児《ちょうじ》。歴史を塗り替えるほどの大人物になれるかもしれない——しかし、欠点がないわけではない。

零さんは冷静に、本気で、手抜かりなくみんなのことを見定めたようだった。

「けれど、孤独な時期が長かったのかのう。『ユニット』として、周りにあわせる修練《しゅうれん》が足りておらぬ。それでは、宝の持ち腐《ぐさ》れじゃ」

ただ評価をくだすだけではなく、今後のことも思案してくれている。先ほど口にしていた言葉は冗談でも嘘でもなく、『三奇人』朔間零さんは『Trickstar』に協力し、ちからを貸してくれるつもりになったようだ。

むしろ楽しそうに、浮き浮きしながら語っている。

「おぬしはまず、他のみんなと仲良くなることが肝要《かんよう》じゃの。しばらくは何も知らぬ転校生の嬢ちゃんと行動をともにし、あれこれ教えてやる役目を担うがよかろ」

零さんはスバルくんの髪の毛がくちゃくちゃになるぐらい撫でてから、放りだすみたいに私のほうへと突き飛ばしてくる。

スバルくんは完璧なバランス感覚で、転ぶことなく私のそばへ。

犬みたいなお座りの姿勢で、私を間近から眺めてくる。不思議そうに、私の頬を伝う涙をじぃっと観察しているようだった——すこし、人間離れした表情だった。

「おぬしは天才じゃ、ゆえに常人が躓《つまず》くところを軽々と乗り越えてこられたのじゃろう。

だがそれゆえに、一般的な感覚を知らぬ」

零さんはそんなスバルくんの性質を把握し、的確に指摘している。

「素人と接し、それを嚮導《きょうどう》する立場となれば、得られるものが必ずあるはずじゃ。おぬしは、誰よりも先に高みに辿《たど》りついてしまった。ゆえに、あちこち抜けておる。取り零《こぼ》してきたものがおおい、それを拾い集めることにまず注力せい」

「そ〜かな？　自分ではよくわかんないけど、それでもっとキラキラできるなら俺はがんばるよ！」

独特な、スバルくんらしい物言いをして――満面の笑み。

「よろしくね、転校生♪」

驚いたことに、そのままスバルくんは私の頰を「ぺろっ♪」と舐《な》めた。さすがに放心していた私も悲鳴ぐらいあげて、横向きに倒れそうになる。

顔を真っ赤にして後ずさる私を、スバルくんは「？」とやっぱり不思議そうに、興味深そうに眺めている。

そんな私とスバルくんをどこか羨ましそうに見ながら、北斗くんが「転校生の教育係は、俺の仕事なのだが……？」と不満げにぼやいた。

「まぁいい。俺は、どうすればいい？」

「うむ、氷鷹北斗。おぬしは明星くんとは逆じゃ、周りに気を遣《つか》いすぎる」

今度は北斗くんに向きあい、零さんはその性質を丹念に解説していく。

「自分を型に嵌《は》め、周囲に遠慮《えんりょ》して、持ち味をだせていない。『ぎくしゃく』しておるのじゃ、もっと周りを信用せい」

「信用はしている、つもりだが。そうか、そういうふうに見えるのか」

北斗くんは思うところがあったらしく、考えこんでしまう。

むしろ、そういうところを危惧しているらしく——零さんが北斗くんの頭を小突いて、自分に注意を向けさせる。ちいさな子供を叱《しか》るみたいに、目線の高さをあわせて。

「おぬしも優秀じゃ、だが己を過小評価しておるようじゃのう。舞台のうえでは、アイドルこそが王であり神じゃ。もっと、傲慢《ごうまん》になってもよい。自分を見ろ、歌を聞け、そう声高《こわだか》に主張せい。まったく、遠慮する必要などないのじゃよ？」

零さんが食らいつくように、北斗くんの頭を左右から手で挟んだ。

思考の底に沈む彼を、現実に浮かびあがらせるみたいに。頼もしい父親が、大事な話をするときに、必ず愛おしい息子にそうするように。

間近から向きあい、言葉を、心を伝える。

「見せ場を周りに譲り、仲間に危害が及びそうになれば身を挺《てい》して守る。おぬしのそんな生き様は美徳でもあるのじゃが、もっと遮二無二《しゃにむに》になってもよい」

心配そうに、零さんは鉄面皮めいた冷たい無表情の北斗くんに——熱を伝える。おでこをあわせて頭蓋骨の震動を、声を届ける。

「舞台の上では、己を偽《いつわ》らんでもよい。それは、観客に失礼じゃ。のびのびと、己のすべてを曝けだすがよい。心を、魂をすべてぶつけなければ、観客には決して響かぬぞ」

「…………」

北斗くんは頭を打たれたように、目を丸くしている。初めて、他人と触れあったみたいに。

零さんは痛ましそうに眉をひそめてから、指針《ししん》を示す。

「すぐには、難しいじゃろうがの。おぬしのその欠点は——いいや個性は、これまでの生活習慣、家庭環境、そういう魂や人生の深いところに根ざしたものじゃろうから」

その指摘に、北斗くんは項垂れる。触れてほしくない、話題なのだろう。

そういえば、昨日も——北斗くんはスバルくんや真くんの抱えた重たいものの一端は、私に伝えてくれたけれど。自分自身については、言葉を濁《にご》していた。

彼も何か、特別に重たくて血を流すような悩みを、痛みをまだ隠している。

「だがせめて、舞台のうえではその『制限』を外せるように、意識するべきじゃのう。氷鷹くん、おぬしはしばらく双子とともに練習せい」

いまだに楽しそうに演奏していた双子を、零さんは顎で示した。気づかずに、彼らは演奏しながら踊ったり、信じられないくらいアクロバティックな動きをしている。

宙で一回転しながら、ひなたくんがギターをかき鳴らす。

五本のスティックを宙に放りながら、ぜんぶ同時に扱って、ゆうたくんがドラムから多種多様な音色を響かせる。

子供が玩具《おもちゃ》で遊んでいるみたいな風情《ふぜい》だけれど、やっていることは常識外れだ。この双子は、悪戯《いたずら》半分に超常的なちからを振るう、妖精《ようせい》か小悪魔めいていた。

「彼らは自由奔放《じゆうほんぽう》、という表現の見本のようなものじゃからのう。学ぶところはおおいはずじゃ、葵くんたちもそれでよいな？」

「もちろん。俺たちは、こういう真面目ぶったやつを弄《いじ》って遊ぶのが大好き〜☆」

「『俺たち』でまとめないでよ、アニキ。でもまぁ、練習したいのは山々だし。いい刺激になるかもね、よろしく〜♪」

零さんに呼びかけられて応える、ひなたくんとゆうたくん。

「う、うむ。よろしく頼む。俺もなるべく柔軟に、我《わ》が侭《まま》に振る舞えるよう努力する」

真くんやスバルくんの相手に慣れている北斗くんだけれど、彼らよりもよほど厄介《やっかい》そうな教師役に——さすがに、顔を引きつらせて怯《ひる》んでいる。

そんな北斗くんをからかって遊ぶのも楽しそうに思えたのだろう、双子が楽器を放りだすようにして駆け寄ってくる。左右から、北斗くんに抱きついて満面の笑み。

新しい玩具を見つけた、ちいさな子供の表情だった。

「その態度が、すでにカチンコチンなんだけどね。にらめっこしましょ、あっぷっぷ☆」

「笑って、笑って〜♪」

ふたりに絡みつかれて、北斗くんの顔がさらに引きつった。
前途多難そうだけれど——だからこそ、双子が北斗くんと交流することには効果が、意味があるのだろう。零さんは満足そうに、姦《かしま》しく騒ぐ双子を眺めている。

このあたりでようやく、私は我《われ》を取り戻してきた。目元をごしごしと擦り、涙を拭うと、ひとりだけ所在なげに突っ立っていた真くんに気づく。

 ひとりだけ忘れ去られている、わけではないと思うけれど。心配して見ていると、真くんは手を振って微笑《ほほえ》み、珍しく自分から前にでた。

不安そうに、零さんに問いかける。

「えっと、僕はどうでしたかね……？」

その態度を見て、零さんは疲れたような溜息を漏らした。

「うん、遊木《ゆうき》真。おぬしは、全然ダメ」

「全然ダメ!?　そ、そりゃあ明星くんや氷鷹くんに比べたら歌も踊りも下手だけど！」

「自覚しているなら、よい。じゃがのう、そう卑下《ひげ》せずともよいぞ？」

さすがにショックだったのか涙目になる真くんに、零さんは、外科医がメスを入れるように鋭く告げる。

「おぬしは光るものをもっておる、だがそれを自ら放り捨てておる」

まだ零さんにも真くんを計りかねているのだろう、探《さぐ》るような、問いかけるような言葉を並べている。

「氷鷹くんのように、遠慮しておるのですらない。怖がっておる、自分をだすことを躊躇しておる。何を、そんなに怯《おび》えておるのかのう？」

「………」

真くんは返事をせずに、痛みを堪《こら》えるみたいに顔をしかめた。

傷つけるつもりはなかったのだ、というように──零さんが、柔らかく微笑む。

「安心せい。おぬしの仲間は、みんな良い子たちじゃ。打てば響く、ともに並んで歩いてくれるじゃろう。迷惑をかけぬよう、一歩遅れてついていく──そんな調子では、おぬしは仲間たちに永遠に追いつけんぞ？」

やはり、他者を理解し的確な助言をくれる。心の深いところまで把握《はあく》し、傷つけぬよう壊さぬよう気遣いながらも、強く育てようとしてくれている。

「待たせるのか、優しい仲間たちを。それは罪悪ですらある、足りない自覚があるなら死にもの狂いで努力せい」

壊れた人形みたいに項垂れて突っ立った真くんの肩に、零さんは手を添える。勇気づけるように──私も、北斗くんもスバルくんも、そんな彼を見守っている。

「そして胸を張って、おぬしの仲間たちの横に並ぶがよい。そのために必要な才能は、輝きの萌芽《ほうが》は、すでにおぬしのなかにある」

無機質とすら思える人間味のない態度になった真くんの双眸《そうぼう》が、人間性を主張するように、迷うように動いている。その視線が私を、北斗くんを、スバルくんを捉《とら》える。

「それはかつて、おぬしを傷つけたものかもしれぬが。それがおぬしの、たったひとつの武器なんじゃ。それを、最大限に活かすがよい」

私たちの存在が、すこしでも真くんの支えになったのだろうか。彼は勇気を奮い起こすみたいに拳をぎゅっと握りこんで、零さんを見上げる。

零さんも、それでいい、と告げるようにおおらかな笑みを見せた。

「弱い仲間を庇《かば》いながらでは、他の連中も戦えぬぞ」

その表情が瞬時に、愉快犯《ゆかいはん》みたいなにやにや笑いに化けた。

「ということで。遊木くんには、これから地獄を見てもらう♪」

ろくでもないことを宣言すると、こちらを「ちらちら」眺めて気にしながらも我関せずとギターの手入れをしていた晃牙《こうが》くんを、零さんが手招きする。

「わんこ。こやつを、みっちり鍛《きた》えてやれ」

真くんの背中を押し、晃牙くんのほうへと進ませる。

鬼畜《きちく》みたいなことを、やはり愉しげに語りながら。

「『もう殺してくれ』と悲鳴をあげるまで、絶対に容赦《ようしゃ》するな。こやつには、そういう荒療治が、猛特訓が必要なのじゃ♪」

むしろ待ってましたとばかりに腰を浮かしかけて、それを恥じるみたいに――晃牙くんは座り直した。戦端が開かれるのを待ちわびる軍人めいて、ギターを弄る。

「あぁ？　命令してんじゃね～よ、何で俺様が？」

そんな彼に突撃の指令を飛ばすために、零さんが両手を広げて高笑いした。

「うむ。おぬしは独善的で、他者を顧みぬ。けれど、抜群に優れている。そんな荒馬に跨《また》がりつづければ、どんな素人だろうが嫌でも成長するぞい、成長できなければ、あっさり落馬して死ぬだけじゃ。くっくっく♪」

「テメ～は悪魔か、嫌な笑いかたしやがってよう？」

晃牙くんはかわいくないことを言っているけれど、その表情は口ほどには不愉快そうでもない。むしろ浮かれたそぶりで、茶化すように笑った。

「おい、アホの明星ども。おまえら、頼る相手をまちがえたんじゃね～のか？」

「いや。成りゆきではあったが、こうして朔間先輩に指南をいただけるのは幸いだ。俺たちには必要なんだ、厳しい師が。少年漫画のような、苛烈《かれつ》な修練が」

応えたのは、北斗くんだ。まだ夢見心地らしく――信じられない、という表情で自分を取り囲む現実を、あらためて見回している。

昨日、保健室で項垂れていたときとは見ちがえるほどに、その全身には生気が漲《みなぎ》っている。何かが、始まろうとしている。私たちの物語、そのエンジンに熱が入る。

あとはぶっ壊れるまで、進むのみである。

「でないと。強大無比な生徒会には、とても太刀打ちできない」

「意外と熱血漢だよね、ホッケ～は。でも、俺もちょっとワクワクしてきたよ☆」

スバルくんがやっぱり軽い感じに、同調する。じっとしていられないのだろう、座りこんだままの私の頭に手を添えて、そこを基点にくるくると回り始める。首がもげそうな私を気遣《きづか》わしげに見ながら、真くんがはにかんだ。

「あはは。僕は、尻尾を丸めて逃げたい感じなんだけど――」

弱気なことを言いながら、自分の指南《しなん》役に選ばれた晃牙くんに礼儀正しく頭をさげた。

ふたりは同い年のはずだけれど、真くんが異常に腰が低い。

「えっと、よろしくね大神くん♪」

「あ!?　気安く呼んでんじゃね～よ、『様』をつけろよ眼鏡《めがね》モヤシ！」

「眼鏡モヤシ!?　ひぃいっ、怖い！　でも僕も、みんなの役に立ちたい！　がんばるよ、もしも死んだら骨は拾ってね……!?」

真くんとは好対照に、やけに偉そうな晃牙くんである。意外と良い組みあわせなのかもしれない――などと、そんなふたりを見て私は思っていた。

水と油ではなく、火と油だ。

互いが互いを刺激して、燃えあがる。その熱は、炎は、私たちをさらなる高みへと向かわせる推進力になる。高く舞い上がって、一番星になれるかもしれない。

「くっくっく！　楽しくなってきたのう、腕が鳴るわい♪」

もしかしたらいちばん愉しそうな零さんが、小躍りしながら笑い声をあげている。

さっそく晃牙くんに肩を摑《つか》まれて左右に揺《ゆ》すられている真くんが、すでに泣きそうになりながら、疑問を呈する。

「だけど、いいんですか？　朔間先輩だけでなく、軽音部が総出で、僕たちの特訓に付きあってくれる感じですけど……？」

「よいよい、どうせなら派手な花火をあげよう」

華麗に手を打ち鳴らし、『三奇人』朔間零さんが号令をくだす。

「革命の狼煙《のろし》をあげようぞ、生徒会に吠《ほ》え面《づら》をかかせてやろう。窮鼠猫《きゅうそねこ》を嚙《か》む、しかもこちらは魔物の群れじゃ♪」

勝手に私たちまで魔物にされてしまっている気がするけれど、不思議と嫌な気はしなかった。加速度的に高まっていく興奮の坩堝《るつぼ》のなかで、私はわくわくしてきた。

キラキラ輝く虹色の道が、私たちの目の前に拓かれた。

あとは踏みだして、疲れきって倒れるまで走りつづけるだけだ。

「存分に、暴れようぞ。目指すは、二週間後のドリフェス――『S1』あたりかのう。それなら公式戦じゃから、生徒会も昨日の野良試合のように容易《たやす》くはつぶせぬはずじゃ」

北斗くんも、その『S1』に出場する想定で動いていたはずだ。考えることは同じ――ううん、最終的に私たちが望んだとおりの展開になっているのだ。

零さんは、私たちの期待に、希望に応えてくれた。

「そこが、決起の場じゃ。革命の当日じゃ、舞台が待ち遠しいのう♪」

真くんにヘッドロックをしていじめていた（？）晃牙くんを、さすがに見ていられなかったのか、零さんが叱りつける。

「わんこ、苛立《いらだ》ちはその日まで溜めておけ。それを決戦にて噴出させ、昨日の仇を自分で討つがよい。我輩もちからを貸してやる、渡りに船といったところじゃろう？」

「あ⁉　だから頼んでね～んだよ、生徒会への落とし前は自分でつける！」

晃牙くんは生意気なことを言っているけれど、やっぱり口ほどに表情は不満そうでもないのだ。尻尾を振らんばかりの笑顔で、血気に逸っている。

「まぁまぁ、よいではないか。ようやく全力で噛みつけるぞ、わんこ。もはや我輩は止めぬ、その牙を熾盛《しじょう》に振るうがよかろ」

零さんが、晃牙くんを真似るように稚気《ちき》に溢れた笑みになる。零さんが晃牙くんにあてられたのか、晃牙くんが零さんに憧れて似た魂を育ててきたのか――軽音部の、このふたりの関係をまだよく知らない私には、わからないけれど。

家族のようなぬくもりを共有し、私たちはこの日――同じ志を抱いて立った。

結果は、わからない。もしかしたら、誰もが涙の沼に首までつかって絶望する日がくるのかもしれない。けれど今だけは、私たちは地上でいちばんの幸せものだった。

とびっきりの、青春の只中《ただなか》にいたのだ。

「あぁ——我輩が永く見守ってきた夢ノ咲学院の歴史に、新たな一ページが刻まれる。それはまだ誰も見たことがない、新しく価値のある一ページじゃ。その瞬間に立ち会えることを、我輩は光栄に思う」

恍惚《こうこつ》として、零さんが眩しそうに目を細めた。

ずっと窓を塞《ふさ》いでいた暗幕を思いっきり開き、彼は日差しを浴びる。すでに日は暮れて、陽光は黄昏《たそがれ》の色だ。吸血鬼じみた零さんにも、それは心地良いものなのだろう。

すべての始まりを告げる、曙光《しょこう》のような深紅《しんく》のなか——。

「武者震いが止まらんのう、どうか我輩を灰にするほどの輝きを見せておくれ！　尊く愛おしい、煌《きら》めく夢を秘めた将星たちよ！」

高らかに号令を歌いあげる零さんの手で、暗幕は、舞台の——物語の幕は開かれたのだ。

観客はまだ、ほとんどいない。

配役を与えられた私たちも未熟で、欠けている。

けれど確実にこの瞬間、何かが切り替わったのだ。

私たちだけが、すべての始まりを——その輝かしい気配を独占していた。

放課後の夢ノ咲学院は、死んだように静まりかえっている。無人の荒野か、ディストピアのように。笑顔も、幸福も、私たちの周囲以外のどこにも見当たらない。

けれど輝かしい未来が、その萌芽が、確実に胎動《たいどう》し顔を覗かせている。
いつかそれを開花させるため、私たちは血と汗と涙を慈雨《じう》のように注いでいく。

Next Stage

「うわぁ。すっかり放課後だね、日が暮れちゃってる！」

夢ノ咲学院《ゆめのさきがくいん》のだだっ広い校庭を、スバルくんに手を引かれて歩いている。子犬の尻尾みたいにぴょんぴょん飛《と》び跳《は》ねた、オレンジ色の髪。身振り手振りがいちいち派手なので、地面に落ちた影もやたらめったら動いている。

紳士《しんし》にエスコートされるというよりも、まるっきり犬と散歩をしているみたいだ。遠慮《えんりょ》がない。私はぶんぶん腕を振り回されて、肩の関節が抜けそうになりながらも、どうにか彼の背中を追っていく。

「ずいぶん長い間、軽音部の部室にいたんだね俺たち。歌いっぱなしで、さすがに喉《のど》が嗄《か》れちゃったよ。転校生も、疲れたんじゃない？」

軽音部の部室で、小規模かつ突発的なライブを行った『Trickstar《トリックスター》』の面々は、おのおの零《れい》さんの指示どおりの行動を始めた。北斗《ほくと》くんは軽音部の双子と、真《まこと》くんは同じく軽音部の晃牙《こうが》くんと、特訓をしている。

私はスバルくんとふたりで、歩いている。

私たちが決戦の舞台とすべき『S1』は、二週間後に予定されている。まったく余裕はないのだ、一分一秒を惜《お》しんで死力を尽《つ》くさなくてはならない。

「ちょっと、元気ないよ。あんまり無理しないで、やばそうだったらちゃんと言ってね？　俺、そういう気が回らないからさ～？」

スバルくんが急に振り向くと、私の顔を間近《まぢか》から覗《のぞ》きこんでくる。

「言ってくんないと、わかんないから。ホッケ～なら、ちゃんと気も遣《つか》えるんだけどね。俺が転校生と『ふたりっきり』で行動って、大丈夫かな？」

北斗くんや真くんとは、離れ離れである。私は、しばらくスバルくんと行動をともにする必要があるのだ。

「でもまぁ、それが朔間《さくま》先輩の指示だしね。よろしく、転校生♪」

あっけらかんと、スバルくんは私と繋《つな》いだままの手を上下左右に振りまくる。

「……ほんとに『しょんぼり』してるね、大丈夫？　保健室とか、行く～？」

ぐったりしている私を、スバルくんが心配してくれる。どうやら、私は酷《ひど》い顔色をしているらしい。

けれど、お荷物にはなりたくない。彼らが私に、転校生に、『プロデューサー』に期待したことの、百分の一も与えてあげられていないけれど。だからこそ、せめて。

「ふ～ん。『プロデューサー』らしいことを何もできてないの、気にしてるの？　まぁ何かそういう役回りは、朔間先輩にとられちゃった感じだもんね～？」

スバルくんがずっと見てくるので、私は取《と》り留《と》めもなく内心を語った。

「いいんじゃないの、まずはお手本を見せてもらうって感じでさ。転校生は自分のできることを――ひとつひとつ増やしてさ、それをちゃんとやってくれたらいいから」

頭を鷲摑《わしづか》みにされて、ぐちゃぐちゃとかき混ぜられる。

「いっしょに成長していこうよ、目指すは夢ノ咲学院の一等賞！　一番星だ～☆」

それからスバルくんは、ぴゅ～っと走っていってしまう。そして星を取ろうとするみたいに、手を挙げて派手《はで》なジャンプをした。


着地すると、スバルくんはキラキラ笑顔で振り向いて手招きしてくる。

「そうだな～、まずは……。転校生、裁縫《さいほう》とか得意？」

忙しく喋りながらも、また急接近して見上げてくる。

「いや、女の子ならできるかな～って。俺たち、『ユニット』を結成したばっかりだからさ。専用の衣装がないの、憧《あこが》れの『ユニット』専用衣装～♪」

まとまりのないスバルくんの説明を、私は質問を挟《はさ》みながら聞いてみる。そうか、衣装とか要《い》るはずだ――アイドル、なのだから。

「そうそう。基本的に俺たちは、ドリフェスとかでは学校が支給する共通の衣装を着るんだけどね。『ユニット』はそれぞれ、専用の衣装を着ることが許可されてるんだ」

共通衣装というのは、昨日の『B1』――あの荒っぽい野良《のら》試合、【龍王戦《りゅうおうせん》】で紅郎さんや晃牙くんが着ていたものだろう。制服と、似た色合いの……。

たしかに全員があの衣装を着ていると、見分けもつかない。個性も、だせない。その『ユニット』ならではの衣装があれば、そちらのほうが良さそうではある。

「専用衣装ができれば、『ユニット』も一人前～って感じ？　だから憧れてるんだよね、俺。共通衣装じゃ――みんなと同じじゃ、つまんないじゃん？　校内資金とかで出来物《できもの》を買うこともできるんだけど、完成まで時間がかかるし高価《たか》いからね。手作りできれば、安上がりでいいんだ～☆」

一方的に早口でまくしたてられて、私は戸惑《とまど》いながらも考えてみる。衣装の作成――言うは易《やす》し行うは難《かた》しだけれど、私も彼らのために何かがしたい。

美術関係は、得意分野ではある。ただ当然、アイドルの衣装などつくったことがないから、基礎《きそ》から調べないと。二週間で、できるだろうか？

ううん。不可能を可能にするために、『Trickstar』のみんなはがんばってる。私も、彼らの仲間として迎え入れられたのだから――ほんのすこしでも、報いたい。

その純情に、期待に応えたい。

彼らと同じ青春を、戦場を、共有したい。

「デザインだけでもしてもらえると、助かっちゃうな。興味があったら、考えておいてよ。俺たちに似合うかっこいいやつ、よろしくっ☆」

背中を遠慮なく「ばしばし」と叩いてきて、スバルくんは目を輝《かがや》かせる。

「そんな感じで何でもいいから、すこしずつでもやっていけたらいいよね！　俺もがんばるから、転校生もがんばろうね！　夢が広がるよね〜、ワクワクするよ！　転校生も、そうだったら嬉《うれ》しいな☆」

また顔を、覗きこんでくる。何かを、期待するみたいに。

私はすこし、引っかかった。スバルくんは単に無遠慮《ぶえんりょ》で、男の子らしいスキンシップに慣れきってしまっているのだと思っていた。けれど、何だかちがっていた。私の顔を間近から見ている彼の瞳《ひとみ》は、奇妙に空虚《くうきょ》だった。

不安そうで、哀《かな》しそうで、絶望に充《み》ち満《み》ちていた。

「あはは。まだ浮かない顔してるじゃん、笑って笑って！　よぉし、俺がいっちょう面白い顔をしてやろう！　見て見て、ひょっとこ〜☆」

私の疑問を遮《さえぎ》るみたいに、スバルくんはくるりと後ろを振り向き、顔を戻したときにはとびっきりの変顔だ。くちびるを尖《とが》らせて、両目はあべこべなほうを向いている。

「……あはは。笑えないか、仕方ないよね。転校してきてからいきなり、怒濤《どとう》のように、厄介事《やっかいごと》に巻きこまれちゃってるもんね〜？」

スバルくんは、そんな解釈《かいしゃく》をして、勝手に納得してくれたみたいだけれど。

先ほど一瞬だけ垣間見た、彼の不思議な余韻《よいん》を残す表情は、私の網膜に焼きついて消えなかった。

いつでも満面の笑みの彼が、何だかすぐにでも泣きだしてしまいそうで――。

「先行きは不明で、敵は強大で、そばにいるのは俺みたいなわけわかんないやつ！　転校生がブルーになっちゃうのも、しょうがないよ？」

無駄な動きをやめて、スバルくんは歩みを再開する。夢ノ咲学院のグラウンドを進む。

ふたり並んで、死に絶えたみたいに静かな、夢ノ咲学院のグラウンドを進む。

肩を並べて、黄昏時《たそがれどき》を。

「でもさ、転校生がくる前よりずっといいんだ。未来が、あるから。夢が、希望があるから。前へ、進めるから。同じところで、足踏みしなくてもいいから」

独り言《ひとりごと》みたいに、先ほどまでの元気さが嘘みたいに、スバルくんは淡々《たんたん》と語る。

「だからさ、俺も転校生にはすっごい感謝してるよ。ホッケ〜もウッキ〜もみんなみんな、きみのことを待ってた。潮目《しおめ》が変わるのを、船出のときを待ってた。転校生は、自分ではわかんないかもしんないけど――」

肩越しにこちらを見て、スバルくんは真摯《しんし》に言ってくれた。

「時間が停まったみたいだったこの学院を、俺たちを、動かしてくれた。可能性をくれた、未来への扉を開いてくれたんだ。これまで夢ノ咲学院にはいなかった、女の子で、『プロデューサー』で――しかも、俺たちのクラスにきてくれた！　嬉しいんだ、ちょっと運命っぽいって思ってるよ♪」

酔っ払ったみたいに、ふにゃふにゃと笑って。

けれど言動とは裏腹に、まったく軽くない声音《こわね》で語っている。

「いきなり重たいものを背負わされて、救世主《きゅうせいしゅ》だ何だって祭りあげられて――戸惑《とまど》っちゃうかもしれないけど。俺たちは、ほんとにきみに期待してる」

そして転校初日の私を教室で、とびっきりの笑顔で出迎えてくれたときと同じ動きで――振り向いて、大歓迎、みたいな仕草をしてくれた。

「ううん、感謝してる！　あらためて、ようこそ夢ノ咲学院へ♪」

また、手を繋《つな》いでくれた。熱くて重たい感情のぜんぶを、どうしたらいいのかわからなくて持て余して、私にまるごとぶつけてくれている。ちいさな子供か、動物みたいな彼を――私は、振り払ってはいけないと思った。

慣れない、異性との触れあいが恥ずかしくても。彼らの期待が、希望がどれだけ重たくても怖くても。大事にしなくては、このぬくもりを。

「まだ自分が何なのか、何をしたらいいのか、わかんないと思うけど。そういうのもさ、一緒に見つけていけたらいいな～？　ぜったい退屈させないし、めちゃくちゃ楽しませちゃうし、キラキラしたものをたくさんプレゼントしてあげる！」

夕刻の輝きを反射して、全身から炎のような情熱を立ちのぼらせて。

花咲くような、笑顔で。

明星《あけほし》スバルくん――最初に私を出迎えてくれたクラスメイトは、怯《ひる》んでしまうほどの前のめりで、告げてくれるのだ。

「きみに、いっぱいいっぱい輝きをあげる！　幸せな青春を、あげる！　ううん、いっしょに繰り広げていけるって信じてるよ～♪」

傷ひとつない宝石みたいな――眩《まぶ》しいほどの笑顔に、私はまだ見惚《みほ》れていることしかできないけれど。

せめて絶対に放さないように、彼の手のひらを握りしめて歩いて行く。

ほんのすこしだけ、無言で歩いた。

スバルくんが喋《しゃべ》らないと、ほんとうに静けさが身に染みて実感できる。私は互いに無言でも気にならないほうだけれど、スバルくんはむずむずと肩を揺《ゆ》すらせて、こちらを何度も見てくる。

まだ、手を繋いだまま。

暗い海を、ただ一枚の板きれに身を委《ゆだ》ねて、ふたりぼっちで漂流するみたいに。

私たちは間近から互いを見て、これまでまったく異なる世界で生きていたのに、こうして巡り会った不思議をただ噛《か》みしめている。

「……あはは。俺、昔からどうも苦手でさ。暗くなったり、悩んだり、困惑しちゃったりする感じが。よくわかんないし、共感できない」

嘘くさいほどの笑みを消して、スバルくんは独り言みたいにつぶやいている。

「俺、どっか人間として欠けてるんじゃないかって……。喜怒哀楽のどっかが、すっぽり抜けてる感じがする。それで、周りをよく傷つけちゃうんだよね」

私は相づちを打つこともできないまま、ただ聞いている。

むかしから、合いの手を入れたり、同じ話題で盛りあがるのが苦手だった。女の子たちはみんなお喋りだけれど、私はついていけなかった。ただ笑って、何もかもわかっているふりをして、空気のように漂《ただよ》っていた――この夢ノ咲学院に、転校してくる前も。

会話に、交流に、馴染《なじ》めなかった。静かに、手を握りあっているだけでよかった。

けれど誰かに聞いてほしいと思って発せられた、大事な声を、せめて聞き逃してはいけなかった。

「だってさ、沈んでるより浮かれてるほうがいい。泣いてるより、笑ってるほうがいい。暗いより、明るいほうがいい。鬱々《うつうつ》してるより、キラキラしてるほうがいい」

黄昏時で、互いの輪郭すら曖昧《あいまい》になっていて、私たちは溶《と》けて混じってしまうみたいだった。スバルくんの心が、私のなかに抵抗なく入りこんでくる。

「それが当たり前で、みんなそうなんだと思ってた」

怖いぐらいの、一体感。だからこれは、やっぱり会話ではなく独白だったのだろう。保健室で北斗くんの吐露《とろ》を聞いたみたいに、私はただ一方的に彼の心を暴いたのだ。

「でも、ちがった。他のみんなは苦しんだり悩んだりする、それが心地よい場合すらある。俺は、それを知らなかった。それでさ、むかし……。ホッケ～たちと出会う前、一年生のころ、俺はクラスで浮いちゃってた」

私は、それこそ返事もできない。

「みんなも俺と同じなんだと思って、笑おう楽しもう、はしゃごう輝こうって、言いつづけてたよ。今も、その癖《くせ》は抜けない。そういうのが重荷になるひともいるって、ホッケ〜たちに教えてもらえたのに。わかんないんだよね、まだ実感できない」

周りも、そんな彼にどう対応したらいいのか、わからなかったのだろう。

宇宙人のような彼を、北斗くんたちが見つけて、抱きしめてあげるまでは。彼はずうっと、綺麗《きれい》な、ただ輝きを放つだけの流れ星として漂っていた。

ゆっくりと、損なわれながら。

「それは、ちょっとだけ哀しい。これが、たぶん『哀しい』ってこと。俺は、その感情を知らなかった。笑って、幸せなつもりで……。でも自覚していないだけで、心は哀しくて痛かったんだと思う」

いつも無邪気に笑っていた、スバルくん。けれど、その笑顔の奥には途方もない空虚《くうきょ》な暗闇が、広がっている。永劫《えいごう》の孤独が、彼を切り刻んでいる。

「痛みに気づかなくて、でも傷ついていて……。俺の心は変な具合に歪《ゆが》んで、おかしくなってた。それに気づかせてくれたのが、ホッケ〜たちなんだ」

そこまで語って、スバルくんは微笑《ほほえ》んだ。雪山で遭難《そうなん》していて、ようやくあったかい暖《だん》炉《ろ》にあたることができた、旅人みたいだった。

「大事な仲間だ、俺の人生を救ってくれた。だから、恩返しがしたい。俺は笑って、歌うことしかできないけど。その精一杯で、みんなの夢を叶《かな》えたいよ」

その機能だけしかもたされていない機械みたいに、彼は笑っている。

アイドルらしいなどと、簡単な言葉でわかったつもりになることもゆるされない。見ているだけで不安になるような、恐ろしい笑顔だった。

「笑顔が、いちばんだって思うから。みんな、幸せになるために生きてるんだって信じてるから。キラキラ輝いてるほうが、やっぱり俺は好きだから」

彼の笑顔はいつでも、私たちを照らしてくれた輝きだ。

スバルくんは懸命に、与えてもらったぬくもりを返そうとしていたのだ。

「むかし、教室のなかで独《ひと》りぼっちでピエロみたいになって、言いつづけてたこと……。俺自身だけでも肯定しないと、むかしの俺があんまりにも可哀想《かわいそう》だ」

彼は戦場に立ち、大事な仲間たちと夢を守るために戦っている。そしてきっと、過去の自分自身を救うために。

前を見て、歩いている。

「だから、これは自分のためだ。俺は、まず過去の自分を肯定する。それから、仲間たちに恩返しをする。最終的に、全世界にキラキラした夢をまきちらしてやる」

野望を胸に、スバルくんは吠えた。

「輝かせてみせるよ、この世界のぜんぶを！」

手のひらを頭上に向ける、星を摑《つか》み取るみたいに。まだその手のひらは何も摑めない、届かない——それでも、彼はきっと諦めない。愚かしくも、尊い生き様だった。誰よりも孤独な、冷たい暗闇のなかにいたからこそ、輝きを求めるのだ。

私はせめて、彼の手のひらを握りしめる。

私も、笑うことしかできない。お喋りが苦手で、ちゃんとコミュニケーションもできない。けれど空虚な輝きでも、ふたつ並べば星座ができる。

私たちは、独りぼっちで燃え尽きるだけの流れ星なんかじゃない。

「協力してくれなんて、言わない。共感してくれ、とも。ただ俺は、そういうやつだって知ってほしいかな。これから一緒に、仲間としてやっていくんだからさ」

そこで初めて私の存在を思いだしたみたいに、彼は手を握り返してくれる。

ぬくもりを共有して、私もほんとうの意味で――彼らの仲間になれるだろうか。

「きみのことも、知りたいな」

大事そうに、スバルくんは握った私の手のひらを自分の頰《ほお》に添《そ》える。初めて触れた、スバルくんの笑顔。その根っこに――大事なものに、関わらせてくれたのだ。

何だか物珍しくて、私はスバルくんの頰をむにむにと撫《な》でた。

彼は困ったようにはにかむと、また勢いよく進み始める。

「おっと、『講堂』が見えてきた。しののんのドリフェスを観《み》に行くって約束しちゃったからね～、転校生も一緒に行こう！　って、つれだしてから言うのもあれだけど！」

前方を指さして、私を引っぱってくれる。

導いてくれる、きっとどこまでも。

「しばらくは一蓮托生《いちれんたくしょう》みたいだからさ、よろしく頼むよ相棒《あいぼう》♪」

片目を瞑《つむ》って、一等星みたいな笑顔だ。

向かう先には、『講堂』がある。

あとがき

こんにちは。『あんさんぶるスターズ！』シナリオ担当の日日日《あきら》です。

本作はアプリゲーム『あんさんぶるスターズ！』のメインシナリオに地の文を追加し、加筆・修正して小説に仕立て直したものです。

原作のアプリではプレイヤーの皆さまの分身たる『転校生ちゃん（シナリオ上のデフォルトネームは『あんず』）』はビジュアル（容貌《ようぼう》）もなければ、ほぼ一言も喋《しゃべ》りません。アプリ内の選択肢などで、発言めいたものが表示されることはありますけれど。

その選択肢もプレイヤーのかたによってどれをチョイスするかは千差万別でしょうし、名前すらも変更可能。人間というものが十人十色《じゅうにんといろ》であるように、プレイヤーの皆さまのなかにはおのおの『転校生ちゃん』像があると思います。

なので小説版では便宜上、一人称（『私』視点）で書いておりますが、あくまでこれは『日日日の考える転校生ちゃん』である……。という方向で、認識していただければ幸いです（この『私』以外は偽者、みたいに思われるのは本意ではないのです）。

顔を舐《な》められたら驚くぐらいはする、という最低限、人間らしい情動は見せますが……。日日日の認識では、基本的に転校生ちゃんは『透明《とうめい》な存在』です。

日日日

この度はノベライズ発売おめでとうございます！
ゲーム以外の場で日日日先生のあんスタを
読むことができて本当に嬉しいです…！
またコミカライズという形ですがこの作品に
関わることができて本当に光栄ですし
1ファンとしても、これからも夢ノ咲学院の皆を
愛でていきたいと思います♪

コミカライズは月刊ARIA（講談社刊）にて連載中
pixivコミックでもユニット・部活などに焦点をあてたショートコミック連載中です。
2016年の前半にはコミックス1巻も発売予定ですので、よろしくお願いします！　紗与イチ

◆アンケートはこちら◆
https://ebssl.jp/bslog/bunko/alice_enq/

◆ご意見、ご感想をお寄せください。
[ファンレターの宛先]
〒102-8177 東京都千代田区富士見2-13-3
株式会社KADOKAWA　ビーズログ文庫アリス編集部
「あんさんぶるスターズ！」宛
●お問い合わせ
https://www.kadokawa.co.jp/
(「お問い合わせ」へお進みください)
※内容によっては、お答えできない場合があります。
※サポートは日本国内のみとさせていただきます。
※Japanese text only

あ-1-01

あんさんぶるスターズ！
青春《せいしゅん》の狂想曲《きょうそうきょく》

日日日《あきら》

原作・イラスト／Happy Elements 株式会社

2015年11月26日 初版発行
2023年 4 月30日 16版発行

発行人　山下直久
発行　株式会社KADOKAWA
〒102-8177　東京都千代田区富士見2-13-3
[ナビダイヤル] 0570-002-301
[URL] https://www.kadokawa.co.jp/
デザイン　土倉 恵
印刷所　凸版印刷株式会社

ISBN978-4-04-730753-7　C0193